卍屋龍次 乙女狩り

秘具商人淫ら旅

鳴海　丈

コスミック・時代文庫

この作品は二〇〇三年に刊行された「卍屋龍次 無明斬り」（学研M文庫）を改題し、加筆修正の上、書下ろし一篇を加えたものです。

目次

道中ノ一　木曾路（きそじ）・幻の女

1

その男は、峠の上に立っていた。

背が高く痩せている。

菅笠（すげがさ）を目深（まぶか）に被っているので、顔の上半分は見えないが、まだ若いようだ。

着物の裾（すそ）をからげ、大きな風呂敷包みを背負っている。

黒い手甲脚絆（てっこうきゃはん）をつけていた。

つまり、旅廻りの行商人なのである。

彼が立っているのは、中仙道の鳥居峠（とりいとうげ）であった。

寛政二年——西暦一七九〇年の、陰暦六月の昼下がりである。

十一代将軍・徳川家斉（いえなり）の治世だ。

空には、真夏の太陽が白く燃えさかっているが、標高一一九七メートルの鳥居峠を吹き抜ける風は、涼しい。

風が吹き抜けると、ころころころ……やさしい音があたりに響いた。

男は、腰に脇差をさしている。

原則として町人・百姓は帯刀を許されていないが、旅行者は、護身のために一尺八寸――約五十五センチ以下の長さの刀ならば、腰に差すことが認められていた。

いわゆる道中差(どうちゅうざし)である。

盗賊だけではなく、山道をゆく者は、野獣に襲われる可能性もあったのだ。

その男の道中差には、鍔(つば)のところに紐を通して、小さな土鈴(どれい)が下げられていた。

かなり古びた、丸い女雛(めびな)の形の土鈴である。

その土鈴が、風で鳴ったのだ。

金属の鈴と違って、温かみのある柔らかい音であった。

峠からの風景は、見渡すかぎり山また山で、遠くに御嶽山(おんたけさん)、乗鞍岳(のりくらだけ)、駒ケ岳(こまがたけ)などの名峰がそびえている。

空は抜けるような青さで、山々は深緑一色に染まっていた。

見下ろせば、九十九折りになった峠道の先に、山と山に挟まれた宿場が見える。

藪原宿だった。

町の西側を、木曾川が流れている。

「おい、てめえっ！」

いきなり、怒鳴り声がした。

同時に、男の顔すれすれに、空を裂いて何か長いものが飛び抜けた。

近くの大木の幹に、それは見事に突き刺さる。

長さ百六十センチ、穂の長さが三十センチほどの短槍だ。

通常の対人用の槍穂に比べて肉厚で、頑丈そうな造りだ。

平三角の笹穂の平面には、柊の葉のような樋彫りがなされている。

この地方の猟師が狩りに使用する、熊槍であった。

柄の末端が、上下に揺れている。

「この野郎、ふざけやがってぇ……」

右手にある峯の茶屋から、よろけながら大男が出て来た。

筋骨逞しい裸の上半身に、熊の毛皮の胴着をつけている。

ばらばらの蓬髪で、顔中髭だらけだ。目が赤く、どろりと濁っている。

泥酔状態だった。

「人がいい気持ちで酒を飲んでたら、鈴なんか鳴らしやがって、うるせえじゃねえか！」

喚きながら、つかみかかりそうな勢いで旅の男に近づく。

熟柿のようなにおいがした。

「……」

男は動かない。無言だ。

「よしなよ、源蔵さんっ」

茶屋の奥から、老婆が飛び出して来て、大男の腕をとった。

意外にも、小さな老婆に引っぱられただけで、源蔵はぺたりと座りこんでしまった。

獣みたいに唸る。

「すいませんねえ、旅のお方。この人も、前は腕のいい猟師だったんですけど、酒で身を持ち崩しちまったんですよ」

老婆は、自分が迷惑をかけたかのように、何度も頭を下げた。

「どうぞ。もう、行ってくださいまし」

男は無言で頭を下げた。

歩きだしながら、ちらっと左手の熊槍の方を見る。

あれほど酔っているのに、槍はかなり深く木の幹に突き刺さっていた。

源蔵という大男が昔は腕のいい猟師だった――という茶屋の老婆の話は、嘘ではないらしい。

再び、腰の土鈴が鳴りだした。

鈴の音とともに、男は、右に左に蛇行した坂をリズミカルな足取りで降りていった。

2

「あのもし、……」

堤ケ沢土橋（つつみがさわどばし）を越え、藪原宿へ入って、いくらも歩かないうちに、男は呼び止められた。

足を止めて、男は振り返る。

声をかけたのは、前掛けをした下働きのような娘だった。

色黒で、ぼんやりとした顔立ちである。

「あんた、卍屋(まんじや)さんかい」

「はい」

男は、軽く頭を下げた。

腹に響くような甘い低音だった。

その菅笠の中央に、〈卍〉という焼き印が押されている。

「だったら、うちの女将(おかみ)さんが、お呼びだ。そこの、〈荒政(あらまさ)〉っていう居酒屋だよ。一緒に来ておくれ」

先に立って、歩き出す。

風呂敷包みをゆすり上げると、男は、娘のあとについて歩き始めた。

土鈴が鳴る。

娘は肩越しに振り返り、鈴を見て微笑(ほほえ)んだが、すぐに不審そうな顔になって、

「なあ、ちょっと聞くけど……」

「なんでしょう」

「卍屋って、何かね」

3

藪原の宿内の往来の長さは、三十七町――約四キロ。

そのうち町並は、南北に五百九十メートルだ。

鳥居峠側の入口を荒町（あらまち）といい、順に上町（かみ）、中町（なか）、仲（なか）の町、下町（した）と並んでいる。

〈荒政〉は名前の通り、その荒町にあった。

二階建ての、わりと大きな構えである。

裏口から入った旅の男は、手甲脚絆（てっこうきゃはん）を外し濯（すす）ぎを使ってから、離れ座敷に通された。

八畳の座敷では、二十八、九の艶（つや）っぽい女が、彼を待っていた。

この時代――〈少女〉とは十二歳までで、十三歳からは〈娘〉と呼ばれるようになる。

庶民の女性は、十四、五歳で嫁にゆくのは珍しくなく、遅くとも十八歳が適齢期の限度だった。

二十歳の女で〈年増（としま）〉、二十代後半では、気の毒にも〈大年増（おおどしま）〉と呼ばれてしまう。

平安時代の貴族の寿命は、男性が三十二歳、女性が三十歳前くらいだったという。

江戸時代の庶民の寿命は、これに比べると長くなったが、それでも、三十代半ばだったといわれる。

日本で最初に平均寿命が算出されたのは明治二十四年だが、西洋医学が普及したこの頃であっても、男性が四十二歳、女性が四十五歳である。

これから半世紀ほど後の昭和十年でさえ、ようやく、男が四十六歳、女が四十九歳という数字だ。

まして、ほとんど漢方医しかいなかった江戸時代には、乳幼児の死亡率が非常に高く、また大人であっても、ひとたび重病になったり大怪我をしたら、助かる可能性はかなり低かった。

それゆえ、人々は、七五三のように子供の無事な成長を祝い、信心や呪(まじな)いなどによって病気や事故から逃れようとしたのである。

江戸時代には、〈家〉の維持の観点からも、女性はなるべく早く結婚して、なるべく多くの子供を予備として産むことを求められた。

農村や漁村では、さらに結婚年齢が早かった。万事が開放的で夜這いの習慣があり、男女とも都会の子供より早熟だったのである。

代官所の役人も、労働力再生産の観点から、早婚を積極的に奨励していた。

吉原の遊女は十四歳から客をとるし、太田道灌の末裔であるお勝の方は、十三歳で徳川家康の愛妾となった。

また、武士も庶民も、原則として男子は十五歳で元服――成人式を行う。

それゆえ――現代の感覚で、この時代の人々の心理や行動を理解するためには、彼らの実年齢に、五歳から十歳ほど上乗せしなければならないだろう……。

その女も大年増の部類だが、男の旨味を知りつくしたような、熟れ切った風情だった。

ぽってりとした、好色そうな唇をしている。

「おや……」

廊下に座った男の顔を見て、女は眩しそうな表情になった。

「ご当家の、女将さんでございますか。卍屋の龍次と申します。よろしくお願いいたします」

丁寧に頭を下げる。

「お政って呼んでおくれな。店の二階から、その笠の印が見えたものだから」

女将は、照れ隠しのように、ぱたぱたと団扇を使った。

「卍屋なんて、いい年の親爺がやるものと相場が決まってるのに、あんたのような若い人がねえ……」

言いながら、龍次の顔を流し見る。

目の縁が、ほんのりと染まっていた。

卍屋龍次は二十一歳だった。

現代人の年齢に換算すると、二十六歳から三十一歳くらいになる。

女と見間違うほどに美しい青年であった。

旅商人なのに、日焼けのあともなく色白である。

月代は剃らずに、前髪を左右に分け、左の房は長く頬まで垂らし、右の房は眉にかかっている。

その眉は、小筆で描いたように細く一直線に伸びて、涼やかだ。

目は切れ長で、睫が長い。

鼻筋が通り、品の良い唇には、甘さが漂っている。

細面で、顎の形は鋭角をなしていた。

役者にしたいような美い男——という褒め言葉があるが、この卍屋龍次は、並の役者や女形が束になってもかなわないほどの美形であった。

ただ——蒼みを帯びた目に、深い憂いの色がある。

その翳りが、稚児もどきの美貌に、ある種の凄みを与えていた。

端麗だが、女々しい感じは全くない。

「では、失礼しまして——」

龍次が風呂敷包みを開くと、行李で作った特製の旅箪笥が出て来た。

その行李箪笥の引き出しから、龍次は幾つかの木箱をとり出して、お政の前に並べた。

左端の箱の蓋を開く。

「まァ……」

お政が、思わず溜め息をついた。

木箱の中におさまっていたのは、勃起した男根そっくりの、張形だったのである。

疑似男根——女性が、自分自身を慰めるために使用する性具だ。

つまり卍屋とは、閨房で男女が使用する秘具、淫具、媚薬の類を専門に扱う小問物屋なのである。

——その名称は、江戸の両国薬研堀にある有名な秘具店、〈四目屋〉に由来する。

この四目屋は、三代将軍家光の頃から営業しているという老舗で、その屋号の通り、黒地に白く四個の菱の目を染め抜いたものを商標にしていた。

『江戸買物独案内』の四目屋の項には、〈諸国御文通にて御注文の節は……飛脚便りにても早速御届け申上ぐべく候〉とあるが、実際には、江戸に住んでいても、来店するのが羞かしいという客に配達するのが主で、江戸府外へ届けるなどということは、滅多になかった。

しかし、日本中どこでも、秘具の需要はある。

いや、地方では、娯楽の種類が少ない分だけ、その需要は江戸よりも切実かも知れない。

そのため、旅の小間物屋が副業的に秘具を扱っていたが、次第に、これを専業とする者が現れた。

これが卍屋である。

〈卍〉は、四目菱の紋の縁と仕切りをなぞった字で、本家の四目屋にあやかったのだ。

また、五代将軍・綱吉の治世、天和年間に橘町に〈卍屋〉という屋号の店があったともいわれる。

とにかく、扱う品物が品物だけに、他の行商人と違って、卍屋は一切、呼び売りをしない。

そんなことをしたら、客が羞かしがって逃げてしまう。

宿場についたら、一番いい旅籠にあがり、窓の手摺に菅笠をかけるのだ。

笠には卍の焼き印が押してあるから、これが看板の代わりになる。

あとは、黙って部屋で待っていれば、客の方からやって来るのだ。

品物の単価が高いので、無理して売りまくらなくとも、十分に儲けが出る……。

「これは、水牛の角で作ったものです」と龍次は言った。

卍屋は、客に欲しい品物を訊かない。

次々に秘具を見せて、その説明をしていれば、いつかは客の欲しい物に当たるのだ。

女性客の場合は、一番需要の高い張形から見せる。

龍次は、次の木箱を開けて、

「こちらは鼈甲で、最上の品でございます」

水牛の角製よりも、さらに大きく見事な細工の張形だった。

普通の男性の勃起したそれよりも、確実に一回り大きい。

全体が飴色で、玉冠が大きく開き、茎部との段差が著しかった。

先端には、ちゃんと射出孔の切れこみがある。

反りを打った長い茎には、太い血管が這いまわっている。

まるで、猛り狂った本物の剛根を斬りとって来たみたいに精巧だ。

内部は空洞になっている。

「どうぞ、手にとってご覧ください」

「いいのかい……」

はじめて男性の象徴を目にした乙女のようにお政は、おずおずと飴色の張形に手を伸ばした。

ゆっくりと指先で味わうように、鼈甲の艶やかな表面を撫でさする。

女主人の顔は、熱く上気していた。

無意識のうちに頬ずりしそうになり、あわてて顔から遠ざける。

やはり、この熟れた女の希望の品物は、張形だったらしい。

「こんな土地で、女が一人で店をやってると、しつこく言いよる奴もいてねえ。

おかしな関係になっちまうと、商売がやりにくくなるし……。でも、あたしだって女だからさ……わかるだろ」

弁解するように、お政は言った。

龍次はうなずいて、張形の値（あたい）を告げる。

かなり高価なものであった。

「江戸でも、それ以上の品は、なかなか手に入りません」

――張形という言葉は、男根を指すポルトガル語の〈Ｈａｒｉｋｏ（ハリコ）〉から転訛（てんか）したものだというが、定かではない。

もちろん、南蛮人が渡来するずっと以前から、張形は存在した。

その起源は、陽物崇拝の御神体で、遠く石器時代から世界各地で祀られてきた。

古代ギリシャで、神像の男根で処女の破華（はか）をする〈聖婚〉が行なわれたように、疑似男根との交合は神との一体化であると考えられていた。

そこから、快楽を追及する女性の愛玩物（あいがんぶつ）にまで俗化したのが、張形なのである。

張形を愛用したのは、中国の後宮の美姫（びき）や日本の宮廷の女官などだった。

中国では、大理石の張形の中の空洞に暖かい火鉢（ひばち）の灰を詰めて使用した、と伝えられるが、石製では女体（にょたい）内部を損傷する危険があろう。

清代の秘画には、纏足の踵に張形を結びつけた美女が自慰を行なっている様子が、描かれている。

日本では、平城京・大膳寮の塵捨て場の跡から、女官の持ち物と見られる独活蔓を削った疑似男根が出土している。

戦国時代には、身分の上下を問わず、夫が不在の妻や未亡人が多かったから、張形の需要は大であった。

しかし、日本の張形細工の技術が急速に発達したのは、なんといっても江戸時代であろう。

江戸城には、男子禁制の大奥がある。

そこに侍る美女の数は、三千人といわれている。

多くが一生奉公の閉鎖社会だから、将軍の〈御手〉がつかない限り、中臈は男に抱かれることはない。

熱く濡れた内襞の炎を鎮める方法は、同性愛か自慰しかないのだ。

それゆえ、大奥出入りの小間物屋には、精巧な張形の注文が殺到し、これが細工技術の向上につながったのである。

大奥の中臈は、できのいい張形を手に入れるためには、金に糸目をつけなかったから、細工師は高価な材料をふんだんに使うことができた。

その最高級品は、玳瑁(たいまい)の甲羅を薄く削いだ鼈甲(べっこう)を、熱して湾曲させて貼り合わせたものである。

玳瑁とは、琉球から関東沖にかけて獲れる海亀のことで、その甲羅が細工物の材料になったのは、奈良時代からである。

黒い斑文のない、黄色の無地のものが最上の品とされている。

なぜ、玳瑁なのに鼈甲というのか。

それは、八代将軍吉宗が出した奢侈(しゃし)禁止令で玳瑁細工が禁じられた時、「これは鼈の甲羅で作ったものでして……」と言い逃れしたのが、そのまま定着してしまったからだという。

鼈甲製は丈夫で軽く、美しい艶(つや)がある。

「鼈甲は、微温湯(ぬるまゆ)で温めると柔らかくなって、あたりが良くなるので、女将さんの大事なところを損ないません」

「でも……使っているうちに、すぐに冷えちまうんじゃないのかい」

お政は、かなり露骨な質問をした。

腰をもじもじさせるのは、軀(からだ)の深部が濡れているせいかも知れない。

信じられないような美男子の前で、張形の品定めをするという異常な状況が、年増女を欲情させているのであろう。

「値段が値段だからね。あたしゃ、納得できなきゃ買わないよ」

龍次はニコリともせずに、生真面目な表情で、

「ご心配は入りません。お湯を用意していただけますか」

「いいとも」

女将は、さっきの小女に命じて、微温湯の入った小さな盥を持って来させた。

龍次は、鼈甲の張形を湯にひたし、同じく湯にひたした綿を張形の空洞につめこむ。

「こうしておけば、かなりの間は冷めません」

「なるほどねえ」

暖められた張形は、さらに艶が増して、まさに絶品であった。

「これを逆手に持って、動かせばいいんで」

「あたしゃあ、使ったことがないから、よくわからないよ……」

かすれたような声で、お政は言った。

小鼻が赤くふくらんでいる。

潤(うる)んだ目で、何かを訴えているようだ。

熱っぽく、女以上に美しい卍屋を見つめる。

「失礼します」

龍次はすべるような動作で、お政の右側によりそった。

女の右手に張形を握らせると、いきなり着物の膝前(ひざまえ)を開き、膝と膝の間に疑似男根の玉冠を押しつける。

「あっ……！」

反射的にお政の膝頭が固く閉じられ、すぐに緩んだ。

体重を、ぐったりと龍次にあずける。

「こうしますんで」

太腿(ふともも)の内側をすべらせて、龍次は飴色の張形を、その奥へあてがった。

「ああ……いやっ」

お政は呻(うめ)いた。

申し訳程度に肩をゆすって、抵抗の真似事をする。

「挿入(いれ)ましょうか」

冷静な声で龍次が問う。

「……うん」

さきほどの言葉とは裏腹に、女はうなずいた。

龍次は、緋色の下裳を割って、お政の膝を大きく開かせる。

年増女の、脂がのった柔らかい太腿と秘毛に飾られた亀裂が、露わになった。

その部分は、すでに、たっぷりと潤って、下裳まで濡らしている。

「こ、こんな格好、やめとくれよォ……」

「女将さん。良く見ていてくださいな」

龍次は、張形を持った女主人の右手を、M字型に開かれた下肢の中心部へ、あてがった。

その張形の玉冠で、成熟した朱色の花弁を、ゆっくりと撫でる。

あふれる愛液で張形の先端を濡らして秘部をくじると、その甘い刺激で、さらに亀裂から愛液が湧き出るのだ。

同時に、着物の上から豊かな乳房をつかみ、揉みしだく。

「うう……」

お政は歯をくいしばって、喜悦の叫びを押し殺している。

玉冠でさぐると、鞘の中に隠れていた肉の粒が、顔をのぞかせた。

その肉粒を、先端で軽く突く。

「ひいっ」

電流に触れたみたいに、お政は臀（しり）を引いた。

「この雛尖（ひなさき）は敏感ですから、張形を使うと刺激が強すぎるようで」

患者に薬の説明をする医者のように冷静な口調で、龍次は言った。

雛尖とは、陰核の俗称で、花舌（さね）ともいう。

「もう、もう……お願い」

お政は喘（あえ）いだ。

「………」

龍次は無言で、花園の秘孔に、ぬるりと張形を挿入する。

お政の熟れた秘孔は、深々とそれを呑みこんだ。

「ああっ」

飢え切っていた女将は、それだけで、最初の頂上に達した。

龍次は、おだやかに張形を動かす。

濃い秘蜜が、結合部で粘（ねば）り、淫（みだ）らな音を立てた。

「いかがですか、使い心地は」

「貰う、貰うよっ」

お政が叫ぶように言った。

女の器官の震えが、漣(さざなみ)のように張形に伝わる。

「だから、さあ」

下肢の奥に秘具を咥(くわ)えこんだまま、お政は男の首にすがりついた。

「お前さんの、本物をおくれなっ」

恥も外聞もなく、女将は龍次を求めた。

その様子を、異常なほど冷ややかな表情で、男は見つめる。

まるで、感情の一部を、どこかに置き忘れているかのようであった。

「…………」

龍次は立ち上がった。

手早く着物を脱いで、下帯(したおび)だけの裸体になる。

美貌に似合わぬ、逞(たくま)しい軀であった。

細身だが、よく発達した筋肉が、くっきりと浮き上がり、深い影を作っている。

浮き彫りのようだ。

ゆっくりと下帯を解く。

隠されていたものが、お政の視界に入った。

「！」

女将は驚いた。

下向きになっている龍次のそれは、並の男の猛り立った男根と同じ体積だったからだ。

そのくせ色は、幼い少年みたいな、やさしく清潔な薄桃色なのである。

「龍次さんっ」

お政は、仁王立ちになった卍屋の腰にむしゃぶりついた。

両手で引き締まった臀をかかえ、あさましいほどの勢いで、桃色の肉茎を口に含んだ。

容積はあるが、まだ柔らかいので、深々と咥えこむ。

それから、顔を前後に動かした。

花孔で張形を律動させた時と、同じような淫らな音がする。

「……ん……うん……あぐふ……」

熱心に熱心に、お政はしゃぶった。

しゃぶりながら、片手で花孔に挿入したままの張形を抜き刺しする。

まるで、二人の男性を一度に相手にしているような背徳的な興奮だった。

龍次のものは、次第に硬化膨張していく。

俗に、平常時に巨大な男根は膨張係数が小さいといわれているが、龍次のそれは例外らしい。

お政は、両手で太い茎部を握った。

それでも、まだ余っている。

玉冠の下の深いくびれに、女は赤い舌を這わせた。

ついに龍次のそれは、棒を呑んだように硬く隆々と、天を指し示した。

「えっ……！」

お政は驚愕（きょうがく）した。

龍次の起立した雄根は、普通の男性の倍以上もある。太さも、長さもだ。

まさに巨根である。

玉冠の鰓（えら）の高さは、鼈甲の張形のそれを遥かに凌駕（りょうが）していた。

全体が薔薇色（ばらいろ）に染まっている。

しかし、お政が息を呑んだのは、その巨大さに対してだけではない。

薔薇色の龍次の逸物に、二匹の龍が巻きついていたからである。

「そ、それは？」

勃起するまでは、そんなものはなかったのだ。

「姫様彫りですよ」と龍次。

「隠し彫りともいいます。普段は見えないが、こうなった時には現れるんで」

「姫様彫り……」

人間の軀の中で、彫物ができないのは、足の裏だけである。

足裏は、彫っても、墨が散ってしまうのだ。

ここ以外なら、どんな場所にでも彫れる。

陰核にも、小陰唇の裏側にも、亀頭にも彫ることはできる。

ただし、性器や脇の下などの皮膚の柔らかい場所に針を打つと、その激痛は、背中や腕の比ではない。

そのため、そういう場所に彫物をしている人間は、被虐趣味の者が多いといわれている……。

男根への彫物ということさえ異常なのに、龍次のそれは、姫様彫りなのだ。

姫様彫りとは、普段は見えないが、入浴や飲酒などによって皮膚が熱を帯びると図柄が見えてくる、特殊な彫物のことである。

〈姫様〉とは〈様（さま）を秘める〉の意味だろう。

その姫様彫りによって巨根に彫られている図柄は、龍次の名と同じ、二匹の龍なのであった。

根元からくびれまで、左右から螺旋状（らせんじょう）に巻きつき、玉冠の上で頭を突き合わせている。

不可思議な図柄であった。

もし、お政に密教の知識があれば、これがクンダリニーの象徴である、とぐろを巻いた蛇の図柄に酷似している、と気づいたであろう。

しかし、まだ若い女のような美貌の卍屋が、何故性器に、こんな凄まじい彫物をしているのであろうか。

そのことを追求する思考力は、お政には残ってはいなかった。

「凄い、凄いよォ」

お政は再び、雄大にして奇怪な男根を咥え、音を立ててしゃぶった。

「こんなに巨（おお）きいなんて……うぐ……硬い……まるで鉄の棒みたい……」

舌と唇を駆使しながら、己（おの）れの体内から張形を引き抜く。

ぽっかりと、花孔が口を開いていた。

そして、直接的な言葉で龍次を求める。
龍次は女を、畳に這わせた。
着物と腰布をまくり上げ、露出した豊満な臀を高く上げさせる。
臀の狭間の下では、蜜に濡れた花弁が、蹂躙者の到来を待ちかねて震えていた。
龍次は巨きな玉冠を、その肉の門にあてがった。
ずずっ、と前進する。
「――――っ！」
お政が喚いた。
軋みながら、玉冠が花孔への侵入を成し遂げた。
花孔の入口が、くびれの部分を締めつける。
まだ、長大な茎部が外に残っていた。
龍次は前進した。
濡れそぼった花孔を押し広げながら、雄根は徐々に進攻する。
「おおおっ」
愛液が花孔からあふれ出た。
ついに、巨大な侵略者は、その目的を達成した。

律動が開始された。

臀の双丘を抱えて、龍次は浅く、深く、突きまくる。

「あっ、あっ、あっ……巨きい！　巨きすぎるっ！」

玉冠の鰓が、内蔵を引きずり出すような勢いで花孔の襞をこする。

秘蜜が泡立ちながら、太腿の内側を流れ落ちた。

「むゥ……こんなの、生まれて初めて！　ああ、あああっ、もう……殺してェ！」

お政は、まるで正気を失った者のように、汗まみれで泣き叫んだ。

対照的に、龍次の方は、精密機械のように的確に女の急所を攻めてはいるが、自身は無表情だ。

なめらかな肌に、汗の珠一つ浮いていない。

やがて、最後の瞬間が訪れた。

「っ!!」

言葉にならぬ叫びとともに、お政は上半身を弓なりに反らせた。

直後に、龍次は白濁した大量の奔流を、花孔の奥へそそぎこむ……。

きれいに後始末をしてから、まだ俯せになっているお政に、龍次は声をかけた。

「女将さん――」

「……お政と呼んでと、言っただろう」

大儀そうに顔を上げたお政は、龍次の足に唇を押し当てた。

ちろちろと、足の指を舐めまわす。

「お金なら、その手文庫の中だよ。それよりもう一度……ねえ……」

「そうじゃありません。お訊きしたいことがあるんで」

「えェ？」

呆けたような顔で、お政は卍屋を見上げた。

「この宿に、今年十八になったおゆうという娘は、おりませんか」

「おゆう……？　字は、どう書くの」

「それが、わかりませんので。ただ、十歳までは江戸にいたはずなんですが」

「昔、お江戸に住んでいた十八歳の娘で、おゆう……あっ、それなら――」

急に、お政の表情が強ばった。口をつぐむ。

「ご存じなら、お教えくださいまし」

「知らない、あたしゃ知らないよっ！」

お政は、駄々っ子みたいに激しく首を振ると、畳に突っ伏した。

白い臀の双丘が、左右に揺れる――。

4

この藪原宿は、中仙道六十九次のうち、三十五番目の宿駅である。

中仙道とは、江戸から京の都へ上る全長百三十六里の幹線道路のことだ。

東海道、奥州街道、甲州街道、日光街道と中仙道の五街道が、江戸の日本橋を出発点とした、この時代の主要道路である。

江戸から藪原宿までは、六十五里三十五町十四間――約二百六十四キロ。

中仙道の、ほぼ中間地点である。

また、贄川から奈良井・藪原・宮越・福島・上松・須原・野尻・三留野・妻籠・馬籠までを木曾十一宿といい、この街道を木曾路と呼んだ。

〈木曾路はみな山中なり〉

秋里籬島の『木曾路名所図会』に、こう書かれているように、木曾十一宿は深山幽谷の中にある。

平地がほとんどない上に高地だから、農業は不振で、主要産業は林業および工芸品であった。

藪原宿もまた、〈お六櫛〉を名産品にしている。

千三百人ほどの宿の人口の半分以上が、お六櫛製造の関係者だという。

旅籠は十軒あり、そのうち大が一軒、中三軒、小六軒である。

小となると、本当に素泊りの、いわゆる木賃宿であった。

〈荒政〉を出た卍屋龍次が泊まったのは、もちろん、〈大〉の岩田屋である。

二階奥の角部屋で、窓の手摺に卍の菅笠をかけるよりも早く、宿の主人がやって来た。

与兵衛という五十がらみの主人は、頭をかきながら、

「年のせいかも知れませんが、どうも、このところ伜がしゃんとしませんでな……」

龍次は、江戸・四目屋の特製品である帆柱丸を薦めた。

その名の通り、服用すれば、男根が船の帆柱の如くに直立するという強精薬である。

勃起持続薬の長命丸とともに、四目屋の人気商品だ。

長命丸は、肉茎に塗ってから洗い流す練薬だが、刺激性があるので、連続使用を避け、三、四日の間を置くようにと、龍次は言った。

江戸の霊薬と聞いて喜んだ与兵衛は、帆柱丸と長命丸の両方を買って行った。

岩田屋に卍屋が宿泊しているという噂は、あっという間に宿内に広まったらしく、龍次の部屋には夜までに五人の客が来た。

最後の客が帰ると、与兵衛がにやにやしながら入って来て、

「卍屋さん、やはり公方様のお膝元の薬は、霊験あらたかですなあ」

小声で囁いた。

「もう、本当に、千石船か宝船の帆柱で……久しぶりの極楽でした」

「お内儀さんも喜ばれたでしょう」

龍次が言うと、与兵衛は、とんでもないと手を振って、

「二月ぶりですよ、貴方。勿体なくて、女房なんか相手にできますか」

新入りの下働きに手をつけたのだ、と与兵衛は笑った。

龍次を伏し拝む真似をして、部屋を出てゆく。

その日の夕食には、頼みもしないのに、羚羊肉の味噌漬けや熊肉と山菜の煮込みが並べられた。

給仕は、女中頭のお咲がしてくれる。

年は、二十代半ばだろう。眉が濃く、情の深そうな顔立ちだ。

龍次の秀麗な横顔に、熱い視線を向けている。

夜だというのに、窓の下をたくさんの人が通る。声高に話し合っていた。

「明後日が、お宮のお祭りですからね」

飯をよそいながら、お咲が言った。

お宮とは、櫛挽の神として八品社を祀った熊野大神宮のことだ。

毎年、六月十四・十五日が、熊野宮の祭礼である。

この十四日には、境内に建てられた立派な芝居小屋で、地狂言――農村歌舞妓が演じられるのだ。

役者も裏方も、全て土地の人間だが、素人芝居の水準を越えた質の高いものであった。

地狂言が盛んなのは中部・近畿地方だが、中でも特に盛んな土地の一つが、藪原なのである。

五月六日の寄り合いの時から、今年の演目の相談をし、役割を決める。これが、なかなかの難事だという。

今年の外題は、人気の高い『仮名手本忠臣蔵』であった。

昨日の夜には〈舞台づけ〉という全幕通しの仕上げ稽古も、済んでいるそうだ。

「いい時に来なすった。祭りで、みんな浮かれているから、卍屋さんもきっと商売繁盛しますよ」

「有難うございます。お祭りなので、昼間から峠の茶屋で酔っている人がいるのですね」

「ああ、源蔵さんでしょ」

お咲は、太い眉をしかめた。

「出雲屋（いずもや）さんの後家さんに言い寄って、振られたら、すっかり酒びたりになっちまって。前は木曽で一番の熊猟師だって言われてたのに」

「出雲屋……」

「この宿で、お六櫛を扱っている一番大きな店です」

「そこの後家さんというのが、美しい方なんですか」

「ええ。まだ二十一だけど、中仙道一の美女だと評判ですよ。気の毒に、喉が弱くて一年中、湿布をしてるけど、もう弁天様みたいにきれいで品がよくて」

「お咲さんよりも、きれいですか」

「ま……」

女中頭は頬をあからめ、ぶつ真似をした。

そのまま、龍次の肩にしなだれかかって、男の下腹部に手を伸ばす。

「冗談ばっかり。ねえ……夜中に来てもいい？」

5

「ん……嘘みたい……こんなに巨きいなんて……」

さきほどから、何度も同じことを呟きながら、お咲は龍次の男根に唇を這わせた。

薔薇色のそれは、猛々しく天に向かって屹立している。

全裸の龍次は夜具の上に仰臥し、これも全裸のお咲が逆向きになって、男の下腹部に覆い被さっていた。

行燈の芯は細くしてあり、薄闇の中に二人の裸身が白く浮かび上がっていた。

お咲は、双龍の彫物にそって雄根を螺旋状に舐め上げ、玉冠を咥える。しゃぶる。それから、また、彫物にそって、熱心に舐め下ろす。

そんな行為を、もう半刻――一時間近くも飽きずにくり返しているのだ。

「こんな立派なもの……見たことも聞いたこともないよ。勿体なくて、とても、すぐには入れられない。もうちょっと、しゃぶらせておくれ。ね、お願い」

「好きにしなせえ」

龍次は、気怠げな口調で言った。

「ありがとうよ」

再び、お咲は玉冠に唇を押しあてた。

先端の射出孔から滲み出している液体を、音を立てて吸う。

舌先で唇を舐めまわし、

「ああ、美味しい……これが、江戸の男の味なんだねえ」

うっとりした表情で呟いたお咲は、怒張した肉塊の下の、重い袋に顔を近づけた。

袋を舐めまわす。

それから、大きな瑠璃玉の片方を含み、舌でころがした。

もう一個の方は、手でやわやわと揉む。

心ゆくまで、瑠璃玉を味わうと、もう一個の方を口に入れた。

両方の瑠璃玉の味見がすむと、今度は男の臀を持ち上げるようにして、袋の下の隠された部分にまで、舌を伸ばす。

背後の門を舐めながら、お咲は臀を蠢(うごめ)かした。

龍次の胸の上で、蜜を含んだ紅い花園が踊っている。

彼は、淫靡(いんび)な愛撫(あいぶ)から来る快感に、まるで無関心のような、醒め切った表情だ。

心の一部が死んでいるかのようであった。

そのくせ、彼の分身は硬度を失ってはいない。

女の秘華に、龍次は触れた。

白く形の良い指で、花弁を押し広げ、やさしく嬲(なぶ)る。

「んんゥ……」

お咲が喘(あえ)いだ。

透明な秘蜜があふれて、太腿(ふともも)の内側を濡らす。

女は顔を上げた。

とろんとした目で、龍次を見て、

「ねえ……嵌(は)めておくれな」

上に乗って自分で挿入するようにと龍次は指示する。

お咲は、大人しく言われた通りにした。

龍次の方を向いて、膝立ちで男の腰を跨ぐ。

羞(はず)かしそうに、

「こんな格好でしたことない……。あんただけだよ、龍さん。信じとくれ」

「わかってるよ」

「こうするの……？」

巨根を逆手に持ち、右手の指で己(おの)れの秘部を広げる。

玉冠を、剝(む)き出しになった花孔に当てがった。

「そのまま、腰を下ろすんだ」

「ええ……」

お咲は臀を落とした。

ずずずっと、灼熱の双龍根が真下から侵入する。

「ああっ」

その半ばまで呑みこんだだけで、女は仰(の)け反(ぞ)った。

「もう、いっぱいだよう……！」

「自分で動くんだよ」

「う、うん」

膝を使って、お咲は臀を上下させた。

「いい……凄くいいよ、龍さんっ」

白い臀を回しながら、お咲は叫んだ。

入口の収縮力は、居酒屋のお政の方が上だが、内部の花洞はお咲の方が狭い。

愛液は、お政の方が豊かだ。

室内に淫らな音が響く。

龍次は両手で、豊かな胸乳を揉みしだきながら、お政にしたのと同じ質問をした。

「おゆう……？」

「今年で十八だ」

「だったら、出雲屋の下働きをしてる娘が、お夕って名前だけど……」

「本当かっ」

龍次の眼に、初めて人間らしい熱い感情が浮かんだ。

「ああ……二年ばかり前に、江戸から連れて来られた可愛い娘だよ……あっ、きつい！」

双龍根に深く抉られて、お咲は呻く。

「江戸から来たお夕……か」

龍次は、肉茎を挿入したままで態位を変えた。

女を組みしいて、自分が上になる。そして両足を抱え上げ、女の臀を浮かせ気味にした。

中国の性書に、〈九法の態位〉の第三の型として記載されている〈猿搏〉である。

この型で性交を行えば百病治癒す——と解説されている。

龍次は、人が変わったように、激しく女を責めた。

「ああっ……！　壊れるゥ！」

お咲は狂乱した。

啜り哭きながらも、

「あの娘、あんたのいい女かい……」

「……」

龍次は答えない。

が、その眼に激情の焔が宿っている。

「それでも、いい！　今は……あたしだけを可愛がっておくれっ！」

お咲は、赤ん坊みたいに龍次にしがみついた。

両足で男の腰を締めつけ、交差させる。

龍次は力強く、突いた。
大腰を使う。
薔薇色の巨根で花孔を掻きまわされて、お咲は甘い地獄の底に叩きこまれた。
「――――っ!!」
言葉にならない悲鳴をあげて、お咲は失神した。
同時に、龍次も大量に放つ。
意識を失ったお咲の狭い花孔が、健気(けなげ)にも男根をひくひくと締めつける。
しばらくしてから、龍次は肉茎を引き抜き、後始末をした。
お咲のそばに横になり、呟いた。
「おゆう……」
枕元に置いた道中差(どうちゅうざし)に触れる。
女雛(めびな)の土鈴(どれい)が、ころんと鳴った……。

6

翌日――朝食をすませた龍次は、着流し姿で岩田屋を出た。

腹ごなしに漫ろ歩きをしている風に、通りを行く。

祭りの準備のため、大勢の人々が行き来していた。

何人かの娘が、龍次の横顔に見とれて通行人とぶつかってしまう。

やがて、〈本家お六櫛　出雲屋〉という看板を出している店の前に来ると、龍次は、道の向かい側にある煮売屋に入った。

表の良く見える卓に、座る。

「いらっしゃいまし。ろくなものもございませんが、なんにいたしましょう」

前掛けで手を拭いながら、奥から亭主が出て来た。

龍次は、店の壁に掛けられた品札に目をやる。

食事の直後なので、腹にたまるようなものは、いらない。

「酒と、何か肴を貰いましょうか」

「へえ、只今」

すぐに稚魚の佃煮と酒が、卓に置かれた。

酒は濁酒である。

その白濁した濃厚な香りの酒を飲みながら、龍次は、出雲屋の方を眺めた。

間口六間ほどの店で、襷掛けをした十五、六歳の娘が、店の前で水を撒いている。

木曾谷の伝説によれば、昔、お六という信仰心の厚い娘がいて、持病の頭痛に苦しみ、御嶽山に願かけをした。

すると、『みねばりの木をもって櫛を作り、朝夕に梳れ』とのお告げがあり、早速に実行したところ、頭痛は解消した。

こうして、お六櫛は木曾の名産品になったのである。

初めて使う時には、髪油を塗っておくと、通りが良くなり長持ちするという……。

店の中から、滝縞の小袖を着た女が出て来た。

女主人のお牧であろう。

すらりとした柳腰の、まだ乙女かと思われるような童顔の中に、閨事の味を知った女の色っぽさが同居して、なるほど、これは確かに中仙道一の美女、生き弁天といわれてもなんの不思議もない美しさであった。

大きな目の下――人相学でいうところの涙堂が、ふっくらとしているのも、魅力の一つだ。

細い首に巻いた湿布の白布が、その美貌を損なうどころか、却って男の庇護欲をそそる効果をあげている。

男ならば誰でも守ってやりたくなるような弱々しい感じで、とても奉公人を使って店を切り回していく人物には見えない。

法被（はっぴ）を着た親方が来て、お牧に頭を下げた。

お牧は丁重に挨拶を返し、微笑を浮かべて何事か言う。

親方は、しきりに叩頭（こうとう）して、神社の方へ歩き去った。

彼と入れ違いに、風呂敷包みを抱えた娘が出雲屋の方へ歩いて来る。

彼女の足元に、大きな白犬が尾を振りながら、まとわりついていた。

娘は白犬に話しかけながら、歩いていた。

粗末な身形（みなり）だが、大きな黒い瞳をした細面（ほそおもて）の美しい娘であった。

「…………」

娘を見つめる龍次は、何か縋（すが）りつくような真剣な眼差（まなざ）しになった。

と——娘に気づいたお牧の眉が、きゅっと逆立ち、目に険（けわ）しい光が宿った。

それまでとは別人ではないかと思えるほど、憎悪に満ちた表情であった。

「お夕っ！」

そう怒鳴ったのが、龍次のいる店の中まで聞こえた。

「そんな物とりに行くのに、いつまでかかっているのっ。早く、洗いものをしなさい！」

「はいっ、旦那様」

お夕と呼ばれた娘は、哀れっぽいほど頭を下げて、店の中に飛びこむ。

お牧も店の中へ引っこんだ。

娘について来た白犬は、出雲屋の玄関口をうろうろしていたが、諦めたように、今来た道を引き返して行った。

「………」

龍次は少しの間、考えこんでいたが、小銭を卓の上に置くと、意を決したように立ち上がった。

「有難うございましたァ」

亭主の声を背中に聞いて、龍次が煮売屋を出た時、

「あっ、ここだったんですかっ」

脇から声をかけた者がいる。

見ると、岩田屋の主人の与兵衛だった。

「さがしましたよ、卍屋さん。あたしが夕べ、帆柱丸の効き目を自慢したんで、

お客が行列を作ってますよ——って言うのは、少し大仰だが、ほんとにお客が待ってるんです。さあ、帰りましょう」

「いや……」

龍次が何か言いかけたが、与兵衛は耳を貸さずに、

「さあ、早く」

彼の腕をとった。

仕方なく、ちらっと出雲屋を見てから、龍次は旅籠の方へ歩き出した。

そして——その日の昼過ぎ、藪原宿を震撼させる事件が起こったのである。

7

「出雲屋のお牧さんが殺されたぞっ!!」

そのニュースに、祭礼の準備に浮かれていた藪原宿の人々は、冷水を浴びせられたようになった。

——死体の様子は、無残であった。

現場は、出雲屋の離れ座敷である。

座敷の窓の外には、山から木曾川にそそぐ小川が流れている。

座敷の裏手には、水車小屋があった。

十畳の座敷の中央に、お牧は仰向けになって倒れていた。

首に、くっきりと紐の跡がついている。

それを掻きむしったらしく、赤い縦筋が何本もついていた。

両手の爪の間には、剝離した皮膚がつまっていた。

紐で締め殺されたらしい。

首吊り自殺の場合は、自分の体重によって動脈が圧迫されて一瞬のうちに気を失うので、このような抵抗の跡はできない。

お牧の顔は恐怖と苦痛に歪み、生前の美貌はうかがえない。

胸前がはだけられ、形の良い乳房がこぼれている。

膝を立てた両足は大きく開かれ、下腹部まで剝き出しになっていた。

女として最も羞かしいポーズだが、さらに無残なことに、淡紅色の秘唇を割って太い絵蠟燭が突っこまれているのだ。

臀の下が濡れている。

首を締められた人間は、たやすく失禁するのである。

凶悪な犯行であった。

何者かが、お牧を襲って凌辱し、首を紐で締めて殺してから、局部に絵蠟燭をねじこんだらしい。

近くに、お牧が首に巻いていた湿布と女物の小刀が落ちていたが、凶器の紐は、どこにも見当たらなかった。

犯人が、持ち去ったのであろう。

出雲屋には、男の奉公人が七名いるが、彼らは下働きのお夕とともに、熊野宮の祭礼の準備の手伝いに行っていた。

店に残っていたのは、女主人のお牧と、十六歳の下働きのお千代の二人だけであった。

「昼食のあとに、旦那様は昼寝をするからと、離れに行かれて……」

宿役人の伊左衛門になだめすかされながら、血の気を失ったお千代は話した。

お千代は店の方で仕事をしていて、離れ座敷への侵入者には、気づかなかったという。

小半刻——三十分ほどして、夕食の準備のことで聞きに行って、死体を発見したというわけだ。

非力なお千代が犯人でないことは、明白であった。

これほど激しく抵抗したのだから、犯人の顔や腕には、引っかき傷があるはずだ。

お千代の軀には、それがない。

「源蔵に違えねえっ！」

集まっていた住民の誰かが叫び、すぐに賛同の声が上がった。

お牧に懸想していた酒乱の源蔵が、彼女の昼寝姿に欲情して、手籠めにしたに違いない。

さっそく、血の気の多いのが五、六人で源蔵を探し出した。

抵抗するのを、散々に小突きまわし縛ってから、出雲屋の離れへ連れて来る。

大男の顔は血だらけであった。

「馬鹿野郎、俺じゃねえ！　弁天様を殺すようなこと、するもんかっ！　大体、俺は朝から芝居小屋の振舞い酒をもらって、社務所で寝てたんだぞっ」

「その顔の引っかき傷が、動かぬ証拠だ」

「何ぬかす！　こいつは、おめえらが今、よってたかって俺を袋叩きにした時に、つけたんじゃねえかっ！」

源蔵は吠えた。

神社の者が呼ばれて、確かに源蔵は社務所で寝ていたと証言した。

「だから、言っただろうがっ」

縄を解かれた源蔵は、自分に乱暴した男たちを睨みつけた。

皆、目をそらす。

「しかし、お前さんじゃないとすると、誰がお牧さんを……」

「誰でもいい。殺(や)った奴ァ、俺が得意の熊槍(くまやり)で突き殺してやるぞっ！」

大男が喚(わめ)くと、出雲屋の隣にある煙草屋(たばこや)の老爺(ろうや)が、遠慮がちに口を開いた。

「これは、関係のないことかも知れないが……」

「なんですか、庄太(しょうた)さん」と伊左衛門。

「お牧さんの死体が見つかる少し前に、わしが庭に出たらな。若い娘が一人、出雲屋の離れから飛び出して来て、裏山へ駆け上がって行ったんじゃ。狼(おおかみ)に追っかけられてるみたいな、凄い勢いじゃった」

「誰です、その娘というのは？」

「それが……ここの下働きのお夕さんでな」

「ええっ！」

一同は、驚愕した。

気がつくと、男の奉公人は全員、熊野宮から帰って来ているが、お夕の姿はない。

「お夕は、どうした！」

番頭の仁助が、

「そういえば、昼過ぎに姿が見えなくなりました。しかし……まさか、あの大人しい娘が……」

煙草屋の庄太老人が、言いにくそうに、

「お夕さんは、手に巾着を握っとったようだよ。紫色の」

「それは、旦那様の巾着です」

そう言ったお千代は、簞笥の引き出しを開けて、

「ありませんっ」

一同は、顔を見合わせた。

十八の小娘が、主人を絞殺し金を奪って逃げるとは……。

「ふざけやがって！」

源蔵の顔は怒りのために、どす黒くなっていた。

「おい、みんな！　お夕の阿魔（あま）を見つけて、ぶっ殺すんだっ！　あいつは、主人（あるじ）殺しで祭りを汚（けが）した大罪人だぞっ！」

「そ、その通りだっ」

「主人殺しは、死罪と決まってるだっ」

「陣屋（じんや）へ届け出るよりも先に、お夕を見つけるんだっ」

「山狩りだ！」

住民たちは、口々に叫んだ。

一年前から楽しみにしていた祭礼を、邪魔された恨みは大きい。

すぐに一同は、鎌や竹槍などを持って再集合した。

そして、近在の山のことなら知り尽くしている猟師の源蔵を先頭に、人間狩りを開始したのである。

8

「櫛（くし）を見せてくださいな」

卍屋龍次が、ふらりと出雲屋を訪れたのは、捜索隊が出発して、しばらくしてからのことであった。

「あ、あのォ……今は取りこみ中で……」

男の奉公人は山狩りに参加し、ただ一人出雲屋に残されたお千代が、応対に出ると、

「聞きました。とんだことでしたね」

龍次は頭を下げ、柔らかい口調で、

「だけど、ここのお六櫛が、一番品が良いと聞いたものだから。私は今から立たなきゃいけないので、無理を言うようだが、見せてくれませんか。値は問いません」

これが他の者なら、お千代も断っただろうが、女形以上の美形に頼みこまれて、娘は、つい承諾してしまった。

店の奥から、高級品の入った箱を持って来る。

龍次は、最も値段の高い美しい櫛を選び、代金を払った。

丁寧に礼を言って、外に出る。

が、すぐに店の中に引き返した。

音を立てずに、素早く入口の戸を閉める。

そして、奥の方へ向かった。

ちょうど、お千代が、箱を棚に戻したところであった。

背後から忍び寄り、肩を抱く。

「！」

驚きのあまり、娘は棒立ちになった。

「静かに。これは、お前さんにあげるよ」

お千代の懐に、買ったばかりの櫛を押しこんだ。

そのまま、小ぶりな乳房をやんわりと揉む。

あっ、と声を立てそうになった娘の口を、龍次は自分の口でふさいだ。

「んんん……」

お千代はもがく。

しかし、龍次の舌が口の中に侵入し、やさしくくすぐると、男を知らない娘の躯(からだ)から力が抜けていった。

立ってはいられなくなったお千代を、龍次は静かに床へ横たえた。

小さな口を吸いながら、懐(ふところ)から右手を抜いて、着物の前を割る。

太腿(ふともも)の内側を撫で上げた手が、その最深部に達した。

ほんのりと湿っている。
秘毛は薄い。
娘の甘い唇を舐めながら、亀裂の周辺を愛撫する。
お千代の息づかいが、荒くなった。
「はぁ……あ……」
指で割れ目をなぞると、敏感な処女の花園は、露を含んでいる。
さらに、手探りで皮鞘を剝いて、肉粒を露出させた。
その雛尖を指先で、そっとこする。
「ああっ」
お千代は背を弓なりに反らせた。
龍次は、責めの手を休めない。
上の唇と下の唇を同時に嬲られて、ついにお千代は生娘のまま、絶頂を知った。
龍次の腕の中で軽い失神に陥る。
ややあって、娘は意識をとり戻した。
龍次は微笑して、
「なかなか感じやすい軀だな」

「いやァ……」

甘ったるい声をあげて、お千代は、男の広い胸に顔を埋めた。

その背中を撫でながら、龍次は色々な事を彼女から聞き出した。

——出雲屋の先代は、友吉という。

商売熱心で、人当たりも良く、人望もあった。

酒も煙草すらもやらない、無趣味無道楽の真面目人間だったという。

妻の名は、お通。

子供は、お牧の一人だけだ。

そのため、お牧が十八になった時、妻籠宿の櫛問屋の次男だった弥三郎を、婿に迎えた。

弥三郎とお牧の美男美女の若夫婦は、人も羨む仲の良さだった。

それを、天が嫉妬したのであろうか。

結婚生活も一年目になろうとした時、弥三郎は雷に打たれて死亡したのである。

しかも、それと前後して、伊勢参りに出ていた友吉夫婦が、旅先で食中りで急死してしまった。

弥三郎夫婦に、子供はなかった。

お牧は、夫と両親を相次いで失い、たった一人になってしまったのである。

しかし、優美な外見に似ず気丈なお牧は、再婚もせずに女主人となった。

これまで浮いた噂もなく、立派に出雲屋の身代(しんだい)を守って来たのである。

男の奉公人は全員、通いにして、男性と同じ屋根の下では眠らない、というほどの貞淑(ていしゅく)さであった。

お夕は、出雲屋の女主人となったお牧が、商用で江戸へ下った時に、連れて来た娘だった。

主な仕事は、お牧の身のまわりの世話である。

お牧は、奉公人にはやさしい主人だったがなぜか、お夕に対してだけは厳しかった。

手を上げることも、あった。

彼女は黙って、それに耐えて来たが、その恨みが何かの切っかけで、爆発したのかも知れない……。

「――それで」

龍次は、お千代の腿の内側に手を滑らせながら、訊(き)いた。

「お夕さんは、江戸の生まれなのかい」

指が、再び秘密の花園に触れる。

「わ、わかんない」

「どうして？　たまには身の上話くらい、しただろう」

熱い露でぬめる秘裂を、ゆっくりと掻きまわす。

「はぅっ！」

ふくれ上がった雛先を撫でられて、お千代は龍次にしがみついた。

「し……知らないもの。お夕さんは無口で、誰とも……話さなかったから……ああっ」

龍次は透明な露を指ですくいとり、それを娘の口に運んだ。

お千代は頭をもたげて、赤ん坊みたいに己(おの)れの露を、ぴちゃぴちゃと吸う。

そして、剝き出しになった秘部を男の太腿に擦りつけ、露骨な言葉で求めた。

龍次は苦笑いして、もう一度舌と指で、お千代を可愛がってやる。

そして、気を失った全裸の娘に着物をかけてから、手を洗って離れ座敷へ行った。

幸いなことに、顔に白布をかけられただけで、お牧の死体は動かされていなかった。

龍次は、その死骸を丹念に調べた。

絵蠟燭を、静かに体内から引き抜いてみる。

それから、部屋のあちこちを見てまわり、庭へ降りた。

庭下駄を引っかけて、裏の水車小屋までゆく。

全てを調べ終わってから、龍次は呟いた。

「そうだったのか……！」

9

「っ‼」

犬の吠え声がした。

お夕は、あわてて、鉈を手にした。

彼女がいるのは、尾張藩材木奉行所の役人たちが、山々を巡察する時に使用する休憩小屋である。

土間と、一段高い板敷きの床があり、その真ん中に囲炉裏が切ってあった。

いつでも使えるように、水も食料も薪も置いてある。

あと一刻――二時間ほどで、日没であろう。

木曾の山は、簡単に言えば、住民が伐採可能な〈明山(あきやま)〉と、立ち入ることすら禁じられている〈留山(とめやま)〉とに、分けられる。

留山に足を踏み入れた者は、木盗人(きぬすっと)と見なされ、厳罰に処せられるのだ。

この休憩小屋は、留山の境界内にあるので誰も追って来ないと思ったのだが……。

吠え声が近づいて来る。

藪原宿の住人たちが、猟犬を放ったのか。

お夕の顔は、蒼白になった。

ついに犬は木戸の外まで来た。

嬉しそうに吠えながら、ガリガリと前肢で戸をひっかく音がする。

その吠え声には、聞き覚えがあった。

「あれは……」

反射的に、お夕は土間に降りて、木戸を引き開けた。

真っ白い犬が、娘の腕の中に飛びこんで来る。

「疾風(はやて)っ」

お夕は鉈を捨てて、大型犬を抱きしめた。

犬は嬉しそうに、娘の頬を舐める。

その犬は、宿外れにある鍛冶屋が飼っている疾風で、お夕のただ一人の友達なのであった。

「お前、どうして、ここへ？　あたしのあとを追って来たのかい？」

「――私が連れて来たんです」

突然、男の声がした。

「っ‼」

いつの間にか、目の前に、長身の若い男が立っていた。

「その犬が、あんたと仲がいいと、お千代さんに聞いてね……」

卍屋龍次であった。龍次は、道中差を腰に落し、風呂敷包みまで背負った旅姿をしている。

ひっ、と叫んで、お夕は鉈に手を伸ばした。

が、龍次が素早く、鉈の峰を蹴る。

土間の隅に飛んだ。

ついで、龍次は疾風の臀（しり）を鋭く蹴った。

白犬は、悲鳴を上げて飛びのく。

「宿場へ帰りな」

低く、龍次が命ずると、その言葉がわかったかのように、疾風は小屋を出て行った。

「かわいそうだが、あいつが吠えると、山狩りの衆に、聞かれる怖れがあるんでね」

そう言って、龍次は木戸を閉めた。

「あ、あんたは誰……？」

後ずさりして、床に上りながら、お夕は問うた。

恐怖に震えてはいるが、清楚な顔立ちの美しい娘である。

化粧っ気はないが、肌は絹のようになめらかだ。

大きな黒い瞳が印象的である。

その娘の顔を、じっと見つめて、龍次は言った。

「おゆうさん。この鈴に見覚えはないか」

道中差の鍔（つば）に下げた女雛（めびな）の土鈴（どれい）を、ころんと鳴らしてみせる。

「…………」

返事をせずに、お夕は怯え切った目で、男を見た。

「俺の名は、龍次だ。この名前に、心あたりは、ないかい。俺が十三。お前さんは、まだ十歳だった。八年も前のことだが……」

龍次の声には、必死の祈りすら含まれている。

「お前さんが、あのおゆうさんなら、俺はどんなことをしても、助けてやるぜ」

お夕は、飛び起きた。

龍次を突き飛ばして、外へ逃れようとする。

だが龍次は、その利き腕をとって、背中へねじった。

風呂敷包みを下ろし、道中差を鞘ごと抜いて、

「仕方がねえ、悪いが……その軀、改めさせてもらうぜ」

龍次は、床に敷いてある熊の毛皮の上に、娘を押し倒した。

「いやっ、やだあっ！」

お夕は、猛烈に抵抗する。

その細い両手首を、龍次は左手だけで握って、囁いた。

「俺は知っているよ。お前さんが、旦那様を殺したんじゃないことを」

「……っ！」

娘は抵抗を止めた。

顔をそむけて、全身から力を抜く。

その桜色の耳朶に、龍次は唇を押し当てた。

舌と唇で、じっくりと愛撫する。

お夕の唇がまくれ上がり、皓い歯がのぞいた。

その口を吸う。

十八歳の処女は、怖る怖る舌を絡めてきた。

さらに龍次は、血の滲んだお夕の手や足を、やさしく舐めてやった。

普段着のまま山へ入ったので、傷だらけだ。

しかし、人間の爪による引っかき傷はない。

「ああ……ん……」

硬く尖った乳首をしゃぶりながら、龍次はお夕の着物や下裳を剝ぎとった。

自分も脱ぐ。

開花直前の娘の華奢な肢体が、露わになった。

女神の丘は、ふっくらと盛り上がり、繊毛に薄く覆われている。

つつましい形の花弁は、薄桃色であった。

「み、見ないで……！」

お夕は身をよじって、両手で下腹部を隠した。

その手を、龍次が無情にも払いのける。

両足を乱暴に開いた。

羞かしい部分が、剝き出しになった。

「駄目っ」

耳まで真っ赤になって、娘は手で顔を覆った。

が、龍次はさらに、彼女の太腿の裏側に手を当てて、持ち上げる。

「そんなァ……」

両肩と後頭部で体重を支え、お夕は、海老のように背中を丸めて、逆立ちの格好にされてしまった。

胡坐をかいた男の顔の前に、花園も後ろの部分も、全てが曝け出される。

敏感な処女の泉は、すでに透明な露で、しっとりと濡れていた。

「止めて……後生だから、止めてっ」

その哀願を無視して、龍次は、前門と後門の間を唇でまさぐる。

後門の周囲を舌先でなぞると、娘の軀はひくひくと痙攣した。

時間をかけて、龍次は穏やかに秘部を愛撫する。
白い肌が火照り、未踏の花園から甘露が大量に溢れた。
龍次のものも、激しく猛り立って、二匹の龍が脈動している。
「は……うゥ……」
娘の瞳は、霞がかかったようになっている。
龍次は、お夕を四ん這いにさせた。
引き締まった小さな臀を両手で抱え、濡れそぼった小さな花孔へ、双龍根をあてがう。
そして、十八歳の美しい娘を背後から、ゆっくりと獣の姿勢で犯した。
「――っ!!」
侵入者の圧倒的な質量に、娘は悲鳴をあげた。
太腿の内側を、鮮血の混じった愛液が流れ落ちる。
――『醫心方』第二十八巻房内篇によればこの態位を〈虎歩〉と呼ぶ。
女をして俯伏し、尻を仰くし首を伏せしむ。男、其の後に跪づき、其の腹を抱く。
乃ち玉茎を内れて、其の中極を刺し、務めて親密ならしむ……百病発らず、男益盛(ますます)んなり。

「あ……痛い……ああ……ん……」

お夕の悲鳴が、次第に甘味(かんみ)を帯びてきて、ついには本物の悦声(よがりごえ)になる。

女体(にょたい)の急所を隅々まで知り尽くした龍次の完璧な性技と灼熱の剛根によって、娘は初体験でありながら、蜜の快楽を教えられたのである。

より深い快感を求めて、自ら臀を蠢(うごめ)かす。

龍次の律動(りつどう)が速まり、お夕の額(ひたい)に汗が流れた。

ついに、お夕は背を反らせて、絶頂に達した。

同時に龍次も、剛根から夥(おびただ)しく放つ。

が、その秀麗な顔を、

「む……」

何故か、深い失望の翳(かげ)が覆った……。

龍次がお夕から身の上話を聞き、身繕(みづくろ)いを終えた時、小屋の外で犬の悲鳴がした。

「疾風っ！」

顔色を変えて飛び出そうとするお夕の肩を龍次がつかんで、制止する。

「やい、お夕っ！」

怒鳴り声が聞こえた。

「そこにいることは、わかってるんだ！　さっさと出て来やがれ！」

猟師の源蔵の声であった。

「龍次さん……」

お夕は、龍次にしがみついた。

二人は、外に出た。

西の空が、赤く染まっている。

小屋の前にいるのは、例の熊槍を構えた源蔵だけであった。

他の者は、留山の境界線である沢の向こう側で、成り行きを見守っている。

「てめえは……!?」

龍次の姿に、源蔵は驚いた。

その足元には、腹を裂かれた白犬が、内蔵をばら撒いて死んでいる。

「は、疾風が……」

お夕は、ぽろぽろと涙を流した。

　無残な白犬の死骸と源蔵を、龍次は交互に見て、

「お前さんが、やったのかい」

「ああ、そうともよ。てめえも、この犬っころみてえに、ぶち殺されたくなかったら、そこを退(の)きやがれっ！」

「槍を納めな。お夕さんは、下手人(げしゅにん)じゃねえ」

　龍次は、静かに言った。

「俺に槍を向けたことは、一度は許す……だが、二度目は勘弁しねえよ」

　源蔵は嘲笑(あざわら)って、

「小僧、俺様を誰だと思ってる。江戸者は知らねえだろうが、この木曾では鉄砲なんぞ使わずに、この槍一本で熊を獲るんだ。俺は、木曾一の熊狩り師といわれた、藪原の源蔵様だぞっ！」

　熊は、毛皮は敷き物や胴着に、肉は食用になるが、最も価値があるのは胆嚢(たんのう)——つまり万能薬の〈熊の胆(きも)〉である。

　何しろ、〈胆一匁(もんめ)金一匁〉といわれるほど高価なものだ。

　この胆嚢は、熊が怒れば怒るほど、胆汁の分泌が活発になって大きくなると信じられている。

そのため猟の時には、わざと熊を怒らせてから、熊の懐に飛びこみ、斜め下から肋骨の間を縫って心臓を抉り、絶命するまで槍を抜かない――という危険極まりないやり方をするのだ。

槍の柄を伝わって流れる熊の生き血で、猟師は蘇芳の汁を浴びたようになる。

そういう修羅場をくぐって来た源蔵なので、人間の一人や二人を相手にするくらいなんとも思わない。

「その道中差は、銭入れか。口先ばかりじゃなく、度胸があるんだったら、抜いてみい」

「………」

龍次は無言で、お夕の軀を押しやった。

道中差の鯉口を切り、柄に右手をそえる。

両者の距離は四間――約七・二メートル。

じりっ、と龍次が前に出た。

源蔵の髭面に、血に飢えた野獣のような物凄い嗤いが広がる。

「くたばれっ！」

源蔵が猪のように突進した。

人々の眼には、何も見えなかった。

ただ、ころ――んという土鈴の音だけを聞いた。

誰も、龍次が抜刀するところを、見た者はいない。

彼が源蔵とすれ違った直後に、空中に何かT字型のものが飛んだ。

熊槍を握った人間の右腕であった。

それは、三メートルほど先の草叢（くさむら）に落下する。

「〜〜〜〜〜〜っ!!」

金属的な悲鳴をあげて、源蔵は転げまわった。

白い骨の見える肩の切断面から、鮮血が周囲に迸（ほとばし）る。

手当てが遅れれば、失血のために死亡するであろう。

人間業（わざ）とは思えないような、鮮やかな居合術だった。

血刀を丁寧に布で拭い鞘に納めてから、龍次はお夕をともなって、山狩りの衆のところへ行った。

竹槍や鉈、草刈鎌などを手にした男たちは、逃げ腰になり、

「く、来るなっ！」

「俺たちが悪かったっ」

「助けてくれ！」

「見逃すから、さっさと行ってくれよ！」

口々に喚(わめ)き散らす。

龍次は小腰をかがめ、落ち着いた声で、

「宿場の皆さんに、申し上げます。お夕さんは、実の姉を殺(あや)めるような娘じゃありませんよ」

「な……なんだって!?」

一同は絶句した。

10

「――それで、下手人は誰なのだね」

出雲屋の離れ座敷には、宿役人の伊左衛門など主だった者が集まり、龍次をとり囲んでいた。

お夕は部屋の隅に、悄然(しょうぜん)として座っている。

庭には夕闇がしのびより、座敷の行燈(あんどん)には灯(ひ)が入れられていた。

龍次は、一同の顔を見まわしてから、

「下手人は……おりません」

「何っ⁉」

「それは、どういう意味だ！」

伊左衛門たちは、血相を変えて詰め寄る。

「つまり、殺しじゃあなかったんで」

「お牧さんは自殺したとでも、言うつもりかい」

「いや、あれは事故だったんです」

「事故だと……」

龍次は、かすかに首を傾げて、

「亡くなった入婿の弥三郎さんには、ちょっとばかり変わった閨癖がありましてね」

「…………」

「あの最中に、お内儀さんの首を絞めないと、気がいかないんですよ」

「はァ……？」

宿場の住人たちは、顔を見合わせた。

――つまり、加虐趣味である。

女の首を絞めて、その苦悶する顔を見ないと、射精できないのだ。

死の寸前まで首を締めると、男のものを咥えこんだ花孔が強烈に収縮する――という効果もあったのだろう。

生娘で結婚したお牧は、初めての男性である弥三郎の異常なＳＥＸに慣らされ、ついには、彼女自身も首を絞められないと、絶頂に達しない軀になってしまったのだ。

それで、首に残った圧迫の痣を隠すために、喉が弱いといって、いつも湿布をしていたのである。

しかし、被虐の味を教えこんだ夫は、急死してしまった。

残されたお牧は、困惑した。

「再婚しようにも、できない。何しろ、新しい旦那に、閨で首を絞めてくれなんて頼めませんからね」

「びっくりして離縁されちまうのが、おちだものなあ」

伊左衛門も頷いた。

「下手をすると、宿場中の笑い者になってしまいます。かといって女一人、閨の寂しさに頭がおかしくなりそうな夜もある。そこで――」

そこで彼女が頼りにしたのが、手製の張形である。

綺麗に彩色された太目の絵蠟燭の先端を、火で炙って、丸く仕上げたものだ。

これを局部に挿入して、首に真田紐を巻き、その紐を柱の向こう側に通してから、端を手元に置く。

そして、絵蠟燭で自慰しながら、自分で紐を引いて絞めるのだ。

二年間は、これで我慢した。

しかし、右手で張形を動かしながら、左手で紐を引くというのは、どうも中途半端である。

張形の出し入れに、神経を集中できない。

それに、自分で首を絞めると、どうしても手加減してしまう。

もっと、〈本物〉に近い方法はないものか……。

「お前さん、見てきたようなことを言うが……どうして、そんなことがわかったんだね」

伊左衛門の問いに、龍次は淡々とした口調で、

「お夕さんに聞きました。お牧さんが、お夕さんに、みんな話していたのです」

「どうして、そんな閨のことまで……」

「その理由についちゃあ、後で説明しましょう」

――お牧は、裏の水車小屋を利用することを思いついた。

水車の車軸に紐の端を結び付け、その紐を庭木の枝、座敷の鴨居（かもい）の上、天井の梁（はり）などを通して、自分の首に巻くのである。

両手で激しく張形を使っていると、水車の回転によって紐が巻きとられ、じりじりと首が絞まってゆく……想像しただけで、軀の深部が濡れてくるようだ。

あとは、ぎりぎりのところで、用意した小刀で紐を切れば良い。

熊野宮の祭礼の準備で、男衆がいなくなった今日の昼間、お牧は、その計画を実行に移した。

ところが、実際にやってみると、用意した紐が、やや短い。

自分で車軸に結びつけてから座敷に戻ると、あまり楽しまないうちに、首が絞まりそうなのだ。

どうしようかと思案しているうちに、裏口から忘れ物をとりに帰って来たのが、お夕だった。

お牧は、彼女に金をやって、紐を水車に結びつけるように命じたのである。

お夕は、言われた通りにして、裏口から出た。

どんな理不尽な命令であっても、お牧に逆らうことはできないお夕なのだ。

水車は回転し、お牧は絵蠟燭の張形を使いながら真田紐に首を絞められ、危険な快楽を徐々に昇りつめて行った。

ところが、興奮し過ぎて、小刀を蹴飛ばしてしまったのだ。

手を伸ばしたが、すでに紐が張りつめているので、届かない。

水車は、無情に紐を巻きとる。

身の毛のよだつような、恐ろしい、残酷な、そして短い時間が過ぎて、お牧は絶息した。

胸騒ぎがして引き返して来たお夕が、梁から宙吊りになったお牧を発見した。

お夕は、あわてて拾った小刀で紐を切ったが、もはや手当てのしようがない。

お牧の命を奪った真田紐は、自動的に水車の軸に巻きとられた。

あまりの事態に呆然(ぼうぜん)となったお夕の眼に、死体のそばに転がっている巾着(きんちゃく)が映った。

彼女に金をやる時に、お牧が出したものだ。

お夕――実は彼女は、先代の友吉が板橋の宿場女郎に産ませた娘であった。

つまり、お牧の異母妹なのであった。

お牧が父の遺品を整理していたら、「自分が死んだら、板橋宿の上総屋に預けているお夕という娘を引きとってくれ。これは、お前の妹だから、面倒を見てやってほしい。くれぐれも宜しく云々」という書きつけが、見つかったのである。

無趣味無道楽といわれた友吉の、たった一つの秘密であった。

自分と血のつながった妹が女郎の子だと知って、お牧は激怒した。

父の遺言に従って、お夕を引きとったものの、妹だとは世間には明かさず、奴隷のように扱き使った。

逃げようとしても、金も行くあてもないお夕は、じっとその虐待に耐えた。

お夕を人間扱いせず、犬か猫のように思っていたからこそ、お牧は、閨の秘事まであけすけに喋ったのである。

そのお牧が、死んだ。

お夕が殺したと思われても、仕方のない状況だ。

目の前に金がある。

（お金があれば、ここを逃げ出して、江戸へ帰れるっ！）

お夕は思わず、それをつかんだ……。

「そういう訳です」龍次は冷笑して、

「閨の中では、男も女も獣物（けだもの）になるのは、当たり前。お互いが納得づくなら、どんな破廉恥（はれんち）な真似をしてもいいんですが……お牧さんの場合は、ちと近所迷惑だったようで」

「しかし……」

　宿役人の伊左衛門は、腕組みをして、

「お前さんは旅の人で、お夕は主人殺しの疑いがかかっている女だ。二人の話だけではねえ」

「………」

「どう思うかね、皆の衆」

　伊左衛門が、一同の方へ向き直ると、

「その卍屋さんの話は、本当ですよ」

　言い放って、立ち上がった者がいた。

「お、お政さん……」

〈荒政〉の女将（おかみ）の、お政だった。

　お政は皆の注視を受けながら、不貞腐（ふてくさ）れたような調子で、

「善人面していた弥三郎は、あたしの情人だったのさ。妻籠から十五里の道を、商用にかこつけて、いそいそと通って来たもんだ。あたしも、あいつには惚れてたよ。随分と実を尽くしたもんだ。だけど……あの首を絞める癖だけは、どうしても嫌だった。それで、あたしが首絞めをさせないもんで、あの不人情者は、縁談のあったお牧さんの方へ、さっさと乗り換えちまったって訳だよ……」

お政がそこまで言った時、お千代の悲鳴が上がった。

龍次が振り向くと、お夕が前のめりに倒れるところであった。

醤油樽を倒したみたいに、大量の真紅の血が、勢いよく辺りに流れる。

「げっ!!」

人々は、弾かれたように、飛びのいた。

「お夕さんっ!」

龍次が抱き起こすと、その手から血に染まった例の小刀が落ちた。

白い喉に、ぱっくりと疵口が開いている。

「…………」

お夕の唇が動いた。声は出なかった。

りゅ・う・じ・さ・ん――と最後まで言い終わらぬうちに、薄幸の娘は目を閉じた。

自分を女にした男の腕の中で、お夕は息を引きとったのである。

全てが白日(はくじつ)の下(もと)に曝(さら)け出された今、これから先、生きてゆく自信がなくなったのであろう。

娘が帰りたがっていた江戸は、もう幻の土地になってしまった。

「お夕さん……」

龍次は冥(くら)い眼差(まなざ)しで、唇を嚙んだ。

山の向こうに完全に太陽が没し、木曾路は闇の中に白く伸びていた。

人けのない夜の街道を、卍屋龍次は足早に歩いて行く。

どこにいるのか、その生死すら定かではない幻の女〈おゆう〉を、捜すために。

孤独な男の腰で、女雛の土鈴がころころと鳴った……。

道中ノ二　関ケ原・残照の女

1

「いやぁ――っ！」

女の悲鳴が聞こえた。

場所は、中仙道の五十八番目の宿場である関ケ原の近くである。

街道は、くの字型に左へ曲がり、右手は岩だらけの斜面で、その下を相川(あいかわ)が流れていた。

街道の左手は桃配山(ももくばりやま)の山裾(やますそ)で、緩やかな勾配の雑木林になっている。

悲鳴は、その雑木林の奥から聞こえたのであった。

「静かにしやがれ！」

ぱしっ、と鋭い音がした。

男が女の頬を、平手打ちにしたのである。

そこは欅（けやき）の巨木の前で、灌木（かんぼく）の茂みに囲まれた二坪ほどの小さな空地だった。

西の空から陽の光が、斜めに林の中に差しこんでいる。

その斜光の中で、遊び人風の男が若い女にのしかかっているのだった。

男は三十歳前後で、右頬に古い傷痕（きずあと）がある。

牡丹（ぼたん）の柄（がら）の着流し姿で、そばに長脇差（ながどす）と女物の帯が転がっていた。

女は、十代後半であろう。髪は先稚児結（さきちごゆ）いだ。

ふっくらした顔立ちの美しい娘だが、その頬が赤くはれ上がっている。

小袖（こそで）の裾が大きく割られ、白くなめらかな太腿（ふともも）までが露出していた。

男の右手は、その腿の奥をまさぐっている。

左手は、女の細い両手首を、頭の上で押さえつけていた。

頬を張られたことで、抵抗する気力を失ったのか、娘は目に涙をためて顔をそむけている。

「へ、へ。なんでえ、その不景気な面（つら）は」

男は、毒々しい嗤（わら）いを浮かべると、小格子（こごうし）柄（がら）の着物と下裳（したも）を両手でたくし上げた。

「ひいっ」

羞恥のあまり、娘は自由になった両手で顔を覆う。

彼女の下半身は、完全に剝き出しになった。

局部の秘毛は繊細で、亀裂を淡く帯状に飾っている。

亀裂からのぞいている花弁は、薄紅色であった。

男は、着物の前を開いて下帯を緩め、己が肉根をつかみ出す。

それは、すでに赤黒く熱をおびて、硬く怒張していた。

「今、銀太様の如意棒で極楽に送ってやるからよう……」

男が自信たっぷりなわけだ。

並の物よりも、大きい。

ふくれ上がった太い血管が、うねうねと茎部を這いまわっている。

先端の切れ込みに、透明な露が湧き出していた。

肉茎に片手をそえると、銀太は女の右膝を押し上げた。

膝が胸につくほど足を曲げられると、閉じていた二枚の花弁が、奇妙な形によじれながら女の門を開く。

娘は弱々しく肩を振って、拒絶の意思を示した。

「じたばたするねえっ」

男が、猛り狂う剛根を花孔にあてがおうとした。その時——音がした。

ころころころ……という、やさしい音色だ。

「っ！」

銀太は、反射的にはね起きた。

いつの間にか、空地の端に、うっそりと立っている人間がいた。

菅笠を目深にかぶり、着物の裾をからげて、大きな風呂敷包みを背負っている。

格好から見て、旅廻りの行商人であった。

背が高く痩せている。まだ若い。

腰に脇差を落としている。

百姓・町人は、原則として帯刀は許されていないが、旅行中であれば、護身のために一尺八寸——約五十五センチ以下の長さの刀ならば、腰にさすことが認められていた。

いわゆる道中差である。

その若者の道中差の鍔に、小さな土鈴が下げられていた。

かなり古びた、丸い女雛の形の土鈴である。

若者が道中差の柄を揺すって、この土鈴を鳴らしたのだった。

「な、なんだ、てめえはっ！」

下帯の中に肉茎を無理矢理、押しこみながら、銀太は吠えた。

傷跡の引きつれのために右顔面が歪んでいるので、凄まじい形相であった。

「………」

若者は無言である。

銀太は長脇差を拾って、それを引き抜いた。

「お、俺はなあ！　十六夜の銀太って、この街道では、ちっとばかり名の知れた御兄さんだぞ。どこの流れ商人か知らねえが、俺様の楽しみに水を差したからには、それなりの挨拶をしてもらうぜっ」

「………」

十六夜の銀太は、凶暴な顔をさらに歪めて、

「どうしたいっ、返事をしねえか！」

無造作に近づくと、銀太は長脇差を若者の顔に向けた。

刃面で、彼の頬を叩いて脅そうというのだ。

が、次の瞬間、銀太の手から長脇差が消えた。

「っ⁉」

若者が道中差を抜くところは、見えなかった。

銀太はただ、ころ――んという土鈴の音を聞いただけだ。

鍔音がして道中差が鞘に納まった時、初めて、銀太は自分の長脇差を弾き飛ばされたことに気づいたのである。

全く、信じられないような早業であった。

「おめえ……」

銀太が口を開いた。

その鼻先を、何か垂直に落下した。

重い音がして、彼の爪先すれすれに地面に突き刺さる。

銀太は、視線を下に向けた。

それは、彼の長脇差であった。

と、同時に、銀太の髷が、ぽろりと落ちた。

若者は、閃光の迅さで道中差を抜いて長脇差を弾き上げ、返す刀で髷を切断して、納刀していたのである。

「ひ……っ！」

十六夜の銀太は悲鳴を上げた。

長脇差も鞘も置去りにし、ざんばら髪を振り乱して逃げ出す。

若者は帯を拾うと、着物の前を合わせて踞(うずくま)っている娘の方へ行った。

「もう、大丈夫ですよ」と若者は言った。

女の胸を抉(えぐ)るような、甘い低音であった。

「は、はい。危ないところを、お助けいただき、ありがとうございますっ」

頬を真っ赤に染めた娘は、帯を受け取った。

羞(はじ)じらいながら、ちらっと若者を見上げる。

下からなので、菅笠に隠されていた顔が見えた。

「っ!!」

彼女は息を呑んだ。

若者は、二十歳(はたち)前後か。

まるで女に見間違(みまご)うほどに、美しい顔立ちであった。

旅の商人でありながら、日焼けのあともなく、色白である。

月代(さかやき)は剃らずに伸ばし、前髪を左右に分け、左の房は頬まで垂らし、右の房は涼やかな眉(まゆ)にかかっている。

目は切れ長で、睫は長く、鼻梁はひときわ高い。

細面で、顎の線はすっきりとしていた。

品の良い唇には、甘さが漂っている。

役者にしたいような美しい男――という褒め言葉があるが、この若者は、並の役者や女形が束になってもかなわないほどの美形である。

ただ――蒼みをおびた目に、何とも深い憂いの色があった。

その翳りが、稚児じみた若者の美貌に、ある種の〈凄み〉を与えている。

端麗ではあるが、女々しい印象は全く、ない。

娘は、その美貌に驚き、次に別のもっと大きな驚愕に、目を丸く見開いた。

「もしや……お兄ちゃん、龍次兄ちゃんじゃないの!?」

「――お前さんは」

卍屋龍次は、眉をひそめた。

「あたしは、お光だよ！　あの〈蓮華堂〉で一緒だった、お光だよォ！」

娘は涙声で、そう叫ぶと、龍次の長い足にしがみついた。

ざわり、と風が木々の枝を揺らした。

深山幽谷の中の険阻な木曾路を抜けると、中仙道は濃尾平野を横切る平坦な街道となる。

2

慶長五年——西暦一六〇〇年の九月十五日。

この平野の西側にある盆地で、日本史上最大の合戦が行われた。

その決戦場所が、関ケ原である。

七万四千の東軍の総大将が、徳川家康。

八万二千の西軍を率いるのが、石田三成。

家康も三成も、豊臣政権の下では各々、五大老と五奉行の一人であった。

それが、慶長三年に豊臣秀吉が病死すると、互いに野望を剥き出しにして政治抗争を繰り広げ、遂に実力行使によって決着をつけることになったのである。

家康は桃配山に本営を設け、三成は笹尾山に本営を置いた。

両者は、関ケ原をはさんで睨み合ったのである。

闘いは午前八時に始まり、その戦場は三十町四方に及んだ。

正午(ひる)過ぎに、小早川秀秋(こばやかわひであき)が裏切って東軍に味方したことによって、西軍は総崩れとなり、勝負は決まった。

人馬に踏み荒らされた田畑が復旧するのに数年を要したという。

この勝利によって、徳川家康は実質上の日本の支配者となったのである。

東軍の勝利を決定づけた小早川秀秋は、家康から五十一万石を与えられ、岡山城主となった。

しかし、世間は彼を〈裏切り中納言〉と呼んだ。

慶長七年、小早川秀秋は二十一歳の若さで急死した。

一説には、狂死であったという。

家康は、この徳川政権の最大の功労者の家を、嫡子がいないことを理由に、あっさりと取り潰した。

裏切り者は、その死後、自分が裏切られたのである……。

天下分け目の大合戦から百九十年後の寛政二年、陰暦六月下旬の夕暮れ――関ケ原の通りは、今夜の塒(ねぐら)を求める旅人と客を誘う呼びこみの女たちで、賑わっていた。

関ケ原宿は、東西に中仙道が貫き、西北へは北国街道が延び、東南へは伊勢街道が走っているという、交通の要所である。

江戸からの距離は、百十二里十六町。

京の都までは、二十三里と六町。

人口は千三百人弱だが、旅籠の数は三十三軒もある。

内訳は、大十二軒、中十三軒、小八軒だ。

しかし、卍屋龍次が濯ぎを使ったのは、これらの旅籠ではなく、一里塚の近くにある小さな草鞋屋であった。

旅人を相手に、草鞋、餅、蠟燭などを売っている店である。

お光という娘は、叔父の周作と一緒に、この店をやっているのだという。

草鞋は、関ケ原の手前にある野上村の農家が作って納めている。

周作は、用事があって草津まで行っていて、明日の夜までは戻らない。

それでお光が、野上村へ草鞋の代金を払いに行ったのだが、その帰り道に突然、十六夜の銀太に襲われ、雑木林の奥に引きずりこまれたのである。

「とても信じられないよ。通りがかりの人に助けられただけでも運がいいのに、それが龍次兄ちゃんだったなんて……」

酒と有り合わせの肴を龍次に勧めながら、お光は言った。

二人がいるのは、奥の六畳間だ。

もう、表は閉めてある。

「お光坊は、すっかり見違えちまったな。子供の時の面影は、残っちゃいねえや」

龍次は、美しい娘の横顔を見つめる。

お光は、含羞(はにか)みながら、

「だってェ、あの時には、あたしは十よ。もう、八年も前だもの」

「八年か……」

そう呟(つぶや)いた卍屋の秀麗な顔を、冥(くら)い陰惨な翳(かげ)が覆った。


——龍次は、江戸・下谷(したや)の小間物屋(こまものや)の長男として生まれた。

まだ歩き出さないうちから、その愛くるしい顔は近所でも評判で、どこその御(ご)落胤(らくいん)ではないか、などと冗談を言われたほどである。

両親の深い愛情を一身に受けて育った龍次が三歳の時、突然、不幸が彼を襲った。

目黒村行人坂(ぎょうにんざか)にある大円寺(だいえんじ)から出た火が、江戸の街の三分の一を焼き尽くしたのだ。

世に言う明和の大火であり、明暦三年、文化三年のそれとともに、江戸三大大火の一つに数えられている。

この明和九年の大火での死者は、一万四千七百人。

負傷者六千七百六十一人。

行方不明、四千六十人。

龍次は無事だったものの、彼を逃がすために、両親は焼死した。

店も全焼した。

三歳の龍次は、孤児（みなしご）になってしまったのである。

彼は母方の遠い親戚である、棒手振り（ぼてふ）の一家に引きとられた。

棒手振りとは天秤棒（てんびんぼう）の両端に魚や野菜を下げて売り歩く、最下級の行商人のことである。

当然、長屋住まいで、生活は苦しい。

しかも、その一家は息子四人娘三人の子沢山の上に、亭主が酒呑みだった。

自分の子供にすら満足に食べさせられないのだから、棒手振り夫婦が、貰い子の龍次に食事を与えるわけがない。

水しか飲めない日が続き、龍次は栄養失調で死にそうになった。

見兼ねた近所の女房連中が、重湯を食べさせてくれたおかげで、彼は命拾いしたのである。

棒手振り夫婦に「穀潰し！」と罵られ、息子たちにいじめられながら、龍次は成長した。

六歳の時から、棒手振りの手伝いをさせられた。

貧しい身なりながら、人形のように可愛い顔の小さな龍次が駕籠を担ぐ姿を見て、客たちは同情し、良く買ってくれた。

収入は増えたが、その分を義父が酒代にしてしまうのである。

息子たちは、口減らしのために丁稚奉公に出されて、一家の人数は六人になっていたが、相変わらず生活は苦しかった。

ただ、極貧の生活の中でも、龍次の面貌の輝きは失せなかった。

龍次が十歳になった時、愛想の良い商人風の男が長屋を訪ねてきた。

男は、日本橋にある大店の番頭だと名乗り、

「実は主人の一人息子が病弱で外に出られず、寂しがっている。先日見かけたのだが、おたくの子は品がよくて年齢も近く、気性もやさしそうなので、話し相手として住みこんでもらえまいか。引き受けてくれるなら、今、支度金として十両

渡しましょう――」

棒手振り夫婦は狂喜した。

龍次を丁稚に出したところで、無給で飯をくわせてくれるだけで、ろくに金にはならない。

それが十両の支度金――十両といえば、庶民家族の一年間の生活費に匹敵する。

すぐさま、夫婦は承諾した。

十歳の龍次は着の身着の侭(まま)で、男に連れられて薄汚い長屋を出た。

しかし、行く先は日本橋ではなかった。

地獄だった。

本所のはずれにある香蘭寺(こうらんじ)という寺院の中に、この世の地獄はあった。

そして、ここで龍次とお光は出会ったのである。

3

「ねえ、お兄ちゃん。今でも、蓮華堂のこと……夢に見る?」

酌(しゃく)をしながら、お光は訊(き)いた。

「夢に見るどころか、起きている間も、片時だって忘れたことはないよ」

龍次は杯を干し、苦い声で言った。

「一生、生きてる限り、忘れられるもんじゃねえ」

「そう……そうだよねえ……」

お光も杯を空ける。

それから、菅笠の中央に押してある卍の焼き印を見て、

「お兄ちゃん、今は卍屋をしてるのかい」

「ああ」

二十一歳の龍次は気怠（けだる）げに頷いた。

卍屋とは、閨房（けいぼう）で男女が使用する秘具、媚薬（びやく）の類（たぐい）を専門に扱う小間物屋のことである。

その名称は、江戸の両国薬研堀にある有名な秘具店、〈四目屋（よつめや）〉に由来する。

この四目屋は、寛永年間より営業しているという老舗で、その屋号のとおり、黒地に白く四個の菱（ひし）の目を染め抜いたものを商標にしていた。

他にも秘具店はあったが、四目屋があまりにも有名なため、〈四目屋道具〉、〈四目屋薬〉というように、その屋号が秘具や媚薬の代名詞になったほどである。

扱っている商品が商品なので、四目屋は昼でも店内を暗くし、客同士が顔がわからないようにしていた。

しかし、秘具媚薬の需要は、江戸府内だけではなく、日本中どこでもある。地方では、娯楽の種類が少ない分だけ、その需要は江戸より切実だったかも知れない。

それに応えて、旅廻りの小間物屋が副業的に秘具を扱っていたが、次第に、これを専門とする者が現れた。

これが卍屋である。

四菱紋の縁と仕切りをなぞると、〈卍〉という字になり、業者の間では、これが四目屋物の隠語になっていた。

それゆえ、旅廻りの秘具行商人を卍屋と称したのである……。

「どんな物を扱っているの」とお光。

「見るかい」

「うん」

こくり、と子供っぽく、お光は頷いた。

頬が桜色に火照(ほて)っているのは、酒のせいばかりではあるまい。

龍次は風呂敷包みをほどき、行李の旅箪笥から幾つかの木箱をとり出して、中を見せた。

「これが、水牛の角で作った張形だ。使い方は、言わなくてもわかるだろう」

「この、張形が二本つながったようなのは？」

「互形といって、大奥の御女中が女同士で楽しむためのものさ」

淡々とした口調で、龍次は説明した。

「真ん中に鍔がついてるのは、片方に深く刺さりすぎないためだな」

「まあ……」

「逆に、こいつは吾妻形といって、相手のいない男が独りで楽しむものだ。天鵞絨で作ってある。これを逆手に持って、自分の物を、この孔に……というわけだ」

「やだねえ」

お光は座り直すふりをして、腰を蠢かす。

「こっちの輪は、いりこ形だ。海鼠を輪切りにして、干したものさ。男の玉冠の下のくびれのところに、この輪を湯で柔らかくして嵌めると、いわゆる雁高になる」

「…………」

「しかも、輪の周りに粒々があるから、疣(いぼ)つきにもなるってわけだ。別名を、姫泣き輪ともいう。あまりの具合の良さに、慎み深いお姫様でも泣き出すという意味だな」

「お兄ちゃん！」

お光は、龍次にしがみついた。

龍次は切れ長の目を、彼女に向ける。

十八歳の美しい娘は、ぬれぬれと春情に光る目で男を見つめて、

「可愛がって………あの時みたいに、あたしを抱いてよっ」

「…………」

龍次は娘の頤(おとがい)に指をかけ、上向きにした。

瞼(まぶた)を震わせながら、お光は目を閉じる。

龍次の唇が、お光のそれに重ねられた。

男の舌が女の口内にすべりこみ、ソフトにまさぐる。

「む…ふ…」

お光は満足そうに呻(うめ)き、積極的に舌を絡めた。

二人の舌は、それ自体独立した生き物のように、もつれ合う。

舌の交歓を続けながら、お光は切なそうに太腿をすり合わせた。
着物の膝前が乱れて、丸い膝がのぞく。
ゆっくりと、龍次は娘の軀を畳の上に横たえた。
帯を解き、襟元を押し広げる。
小ぶりだが形の良い胸乳が、露わになった。
濃い桃色の乳首は、すでに硬く尖っていた。
龍次は左の乳房を揉みしだきながら、右の乳首を舌先で軽く突つく。
それに同調して、お光は短く連続的な喘ぎ声を上げた。
左右の乳房を交互に愛撫している間に、龍次の膝は、女の下肢を割っていた。
ほとんど抵抗なく、足が大きく左右に開く。
太腿のつけ根に手を差し入れると、そこは熱く溢れていた。
龍次は着物と襦袢を脱がせる。
お光は、腰の物一枚だけの裸体となった。
自分も下帯だけの裸になった龍次は、娘の下腹部に顔を近づけた。
下裳を開いて、女の秘密の部分を行燈の灯りにさらす。
「あぁっ」

お光は小さく悲鳴を上げた。

羞恥(しゅうち)の中に、歓びを含んでいる声であった。

繊毛(せんもう)に縁どられた複雑な表情の花園を、龍次は間近に見つめる。

そして、その花園が、もっと単純だった時のことを思い出していた……。


——十歳の龍次が、人買いの男に連れて行かれたのは、〈蓮華堂〉であった。

蓮華堂とは、本所のはずれにある香蘭寺の境内にある建物の名前であり、同時に、会員制の秘密倶楽部の名称でもある。

会員は、法外な額の入会金と会費を払えて秘密を守れる豪商、大身(たいしん)の旗本、大名やその隠居などであり、ほとんどが老人であった。中には、幕閣の要人までいたらしい。

蓮華堂の会員たちは、浮世の遊びという遊びをやり尽くし、飽き、しかも精力が衰えて、通常の性的刺激では、何も感じなくなってしまった者ばかりだ。

彼らは、花魁(おいらん)買いのような合法的な遊びではなく、非合法の強烈な刺激のある観世物(みせもの)を欲して入会した。

そこで蓮華堂が彼らに提供したのが、年端もいかない少年少女の性交実演なのである。

十歳前後の可愛い少年や美しい少女を舞台に上げて、会員たちの目の前で、交わらせるのだ。

小さな手が、互いの軀をまさぐり合う。

無毛の突起が、これも無毛の狭間に侵入し律動する。

人形のように華奢な白い裸身が、未知の感覚に桜色に上気してゆく。

そして幼い爆発……。

正常な理性の持ち主ならば、目を背けたくなるような、こんな悲惨な子供同士の行為を見物し、興奮した会員たちは、横にあてがわれている女を別室に連れこんで、抱くのである。

放蕩の限りを尽くした老人たちにとっても、これは、新鮮で効果的な回春法なのであった。

蓮華堂とは、つまり、蓮の台に遊ぶような素晴らしい快楽の殿堂という意味なのである。

このような背徳的なショーは、蓮華堂が最初ではなく、紀元前から存在した。

古代ローマ帝国の皇帝の多くは、性的倒錯者であったが、たとえば帝政第二代皇帝ティベリウスは、酒呑みで両性愛者でサディストであった。

その上、幼児愛好者で、長年の荒淫のために不能気味という、変態老人なのである。

伝記作家ガイウス・スェトニウス・トラクイルスの書いた『ローマ皇帝伝』によれば、ティベリウス帝はカプリ島の別荘で、邪悪な快楽にふけっていた。

彼は、入浴の際に、プールのように巨大な浴槽の中に、〈余の稚魚〉と呼ぶ幼児たちを泳がせ、自分のものを口や歯や舌で愛撫させたのである。

さらに、子供の歯を全部抜いて吸茎専用奴隷にするという、胸の悪くなるような事もやった。

そして、複数の少年と少女に目の前で乱交させて、彼は、ようやく男のものを起立させたのである。

それでも駄目な時は、できるだけ残忍なやり方で奴隷を殺し、その死体を海に投げこんで満足した。

あまりの無残非道な振る舞いに、彼の孫のカリギュラは刺客を送って、祖父を抹殺した。

ローマの民衆は、淫獣皇帝の死に歓声を上げた。

しかし、次の第三代皇帝となったカリギュラこそ、ティベリウスを凌ぐ古代ローマ帝国史上最凶最悪の淫魔皇帝だったのである。

彼は、自分の三人の姉妹を妾にし、淫売宿を経営し、女装して男に抱かれた。

数日間で、百人の処女を犯したこともある。

最後は、自分の近衛兵によって殺され、男根を切りとられたという。

また、一九七〇年代のアメリカでは、子供ポルノが大流行し、マフィアの資金源となった。

子供同士、または子供と大人の性行為を写した八ミリフィルムや本が、飛ぶように売れたのである。

幼児失踪事件が激増したのも、この頃からだといわれている。

シカゴやサンフランシスコなどの大都市では、ガレージの中で全裸の幼児をセリ落とす〈奴隷市〉が開かれていたという。

一九七二年にはニューヨークで、売春で十一回も逮捕された少女がいるが、彼女は、十二歳にもなっていなかった。

最近の例としては——一九九七年四月にイタリアのリテナ空港で、五百万円で国際売春組織に売り飛ばされた十二歳の中国人少女が、保護された。

彼女は、バンコックの秘密訓練場で性交技術を習得させられ、ヨーロッパ経由でマイアミに送られる予定だったという。

マイアミは、経済的に豊かな老人や観光客が多いから、彼らを相手にする子供売春組織が繁盛するのだろう。

ヨーロッパで製作される子供ポルノの最大のお得意先も、人権大国のはずのアメリカなのである。

一九八〇年代には、アメリカには子供専門のポルノ雑誌が二六四種類もあったという。

アメリカのジャーナリスト、ラッセル・トレイナーは、その著書『ロリータ・コンプレックス』の中で、次のように述べている。

第二次大戦で虐げられた人びとを解放すべき役目をになったアメリカの軍人も、ハンバート的な欲望に身を焼いた。フィリッピン群島では十、十一、十二才およびローティーンの少女がGIに娼婦として買われたのである。……ドイツ、フランス、イタリーにおける子供の売春は戦時中はあたりまえのことで、アメリカ兵士のハンバート族連中は外国に上陸し、戦い、征服し、解放しながら、外国の少女と性的に交わっていったのである。

ちなみに、ニューヨーク市の強姦事件の発生件数は、東京都のそれの十倍だ。人権を守るためなら戦争でも起こすアメリカは、何故か、連続殺人事件の件数でも世界一という犯罪大国なのである……。

龍次も——マフィアの手先に誘拐された子供たちと同じように——蓮華堂のSEXショーの出演者として買われて来たのだった。

そこには、八歳から十四歳までの十七人の子供が軟禁されていた。

少年が四人で、少女が十三人である。

皆、美少年、美少女ぞろいだ。

年齢の上限が十四歳なのは、女の子が十四、五歳で結婚することが珍しくなかったので、刺激度が薄れるためだった。

吉原の遊女の水揚げ——破華（はか）の年齢が、そのくらいなのである。

十五歳になった若者や娘たちは、別の秘密組織に売り飛ばされるらしい。

わずか十歳の龍次は、先輩である十三歳の少女に〈筆下ろし〉され、性交のやり方を教えこまれた。

そして、同じような年頃の少女と裸で舞台に立たされ、目をギラつかせた老人たちの前で性交することを、強制されたのである。

性行為の本当の意味も知らない子供にとっても、それは耐え難い屈辱であり、地獄だった。

龍次は拒否した。

そのため、ひどい折檻(せっかん)をされたり、食事も水も与えられずに閉じこめられたりした。

性技の習熟度や客の受け具合によって、子供たちは階級づけされ、食事の内容や着る物、自由時間などに差がつけられる。

反抗的な龍次は、いつも、ひもじい思いをしていた。

それでも龍次は、何度か蓮華堂から脱走しようとしたが、成功しなかった。

これほどの問題児なのだから、龍次は見せしめのために処刑されても、おかしくはない。

現に、龍次が連れて来られた直後に、舞台を途中で放棄した少年が、斬り殺されている。

「だが……あれほどの上玉(じょうだま)は、なかなか手に入らぬぞ」

蓮華堂の幹部たちは、龍次の美貌を惜しんだ。

美少年ぞろいの出演者の中でも、彼のそれは群を抜いているし、その上、品がある。

そこで彼らは、龍次の反抗心を削ぎ、出演者としての価値を高める、一石二鳥のアイディアを思いついた。

悪魔的なアイディアだった。

少年の、幼い未発達の男根に、二匹の龍の彫物をしたのである。

それも姫様彫りといって、普段は見えないが、風呂に入ったり酒を飲んだりして、皮膚が赤みをおびると、図柄が現れるという特殊な彫物だ。白粉彫りともいう。

しかし、性器や脇の下などの皮膚の柔らかい場所に針を打つ痛みは、背中や腕の比ではない。

その作業だけでも、想像を絶する激痛であり、立派な拷問だった。

彫りが完了すると、龍次は高熱を出して寝こんだ。

そして、熱の引いた龍次のそれを少女の一人が吸茎し、硬化膨張によって突起の表面に浮かび上がった双龍を、彼に見せたのである。

「どうだい。見なよ、この立派な彫物を。佐渡帰りだって、こんなのは彫っちゃあいねえぜ。おい、小僧っ！　ここから逃げたところでなあ、もう、お前は真面な暮らしはできねえんだよ！　諦めろっ！」

その時、龍次の心の中で、何かが音を立てて砕けた。

翌日の夜、龍次は初めて舞台に出た。

ショーは大好評であった。

特に、幼い美少年のものに龍の彫物がしてあるという猟奇性が、今までにない興奮を呼んだのである。

龍次は、蓮華堂の花形になった。

もう、反抗はしなかった。反抗するための何かを、失ってしまったのだ。

少年の心は、その一部が壊死していたのである。

幹部たちの命ずるままに、ありとあらゆる性技を習得し、舞台で仲間の少女たちと交わった。

普通の一対一から、少年一・少女二、少年二・少女一の３Ｐ、少年二・少女二などの変則的なもの、果ては、少年対少年、少女対少女などの演目がある。

舞台に出る度に、龍次は自分の心から、薄皮を剥がすように柔らかいものが喪失して行くのを、他人事のように、ぼんやりと感じていた。

父も母も、この世にはない。親戚は自分を金で売った。

この軀には、奇怪な彫物を彫られ、老人相手の反社会的な観世物になっている……。

もはや、なんの希望もない人生であった。

ただ一つの救いは、客をとらされなかったことだろう。

その要求は会員から強くあった。

だが、蓮華堂の幹部たちは、客の乱暴な扱いで、手間をかけて折角育てた〈商品〉である少年少女の軀が傷つくのを、怖れたのである。

早すぎる初体験のためか、白粉彫りの刺激によるのか、龍次の男根は驚異的な成長を遂げた。

そして、性の技術も、ますます磨きがかかった。

お光が蓮華堂に連れて来られたのは、十歳の時だ。当時十二歳の龍次が、初舞台の相手である。

龍次は、持てる性技を駆使して少女を愛撫し、最小限の苦痛で、破華を済ませた。

それから何度も、二人は舞台で交わった。

その頃のお光のそれは、まだ無毛で、未発達の花弁も柔らかな狭谷の中に隠されていた……。

「あ、ああっ」

女の羞かしい部分に、微妙な愛撫を施されて、お光は乱れた。

龍次の唇が、舌が、指が、花園の周囲を這いまわる。

吐息が花弁にかかる。

それに反応して、十八歳の花孔の奥から、透明な秘蜜が泉のように湧き出るのだ。

焦れたお光が臀を振ると、膨れ上がって皮鞘から顔を覗かせている雛尖を、不意に男の舌先が掠める。

「ひっ！」

稲妻のような快感が、尾骨から背筋を駆け抜け、お光は仰け反った。

再び、龍次は周辺のやさしい愛撫に戻る。

「あたしにも……させて……」

お光は、軀を逆向きにして横臥し、龍次の下腹部に顔を近づけた。

相互口淫の形、つまり、表四十八手の第四十六番目、〈二つ巴〉の態位である。

お光は男の下帯を外した。

まだ膨張はしていないが、並の男性とは比べものにならないほど大きな器官が露わになった。

それほどの逸物なのに、色は、やさしく清潔な薄桃色なのである。

「……おんなじ色だね」

目を細めて、お光が言った。

蓮華堂で一緒だった時と、それの色が変わっていない、という意味だろう。

そっと両手で持って、舐める。

初めは慎ましく、そして次第に大胆に。

玉冠や茎部だけではなく、その下の瑠璃玉を納めた袋までもだ。

熱心に熱心に愛撫する。

同じように、龍次も女の花園を舌で穏やかにまさぐる。

男根が屹立した。

逞しい。

太さも長さも、普通の男の倍以上だ。

その薔薇色に輝く巨根に、二匹の龍が巻きついている。

龍が、ひくひくと脈動しているように見えるのは、図柄が太い血管の上に彫ってあるからだ。

そもそも螺旋(らせん)は、古くから生命活動の象徴とされて来た。

たとえば、錬金術師が〈メルクリウスの杖(つえ)〉と呼ぶ生命力と進化の象徴は、二匹の蛇が螺旋状にとり巻く杖である。

また、インド密教では、人体には脊椎(せきつい)にそって、七つの〈蓮華〉があるとしている。

その最下層が、会陰部(えしんぶ)に位置する第一のチャクラ〈クンダリーニ〉で、性力の源泉なのだ。

そして、このクンダリーニは、直立した見えない男根を三周半とり巻いている蛇として、図像化される。

ヨガとは、このクンダリーニ蛇をメディテーションによって上昇させ、次々にチャクラを覚醒させて、自己の魂を真の実在へと回帰させることに他ならない。

蓮華堂の幹部たちは、男根に螺旋状の双龍を彫ることによって、龍次のＳＥＸ能力を極限まで高める呪(まじな)いとしたのであろう。

少年時代に、畜生(ちくしょう)以下の連中の観世物になっていた時の証拠が、これである。

決して消すことのできない、烙印なのだ。

「昔よりも巨きいっ、凄く巨きいんだねえ」

お光は、先端の切れ込みに浮いた露を吸って、

「ああ……懐かしい味がするよ。蓮華堂では毎日、お兄ちゃんのこれで舌使いの稽古をさせられたけど、あたし……何故だか、ちっとも嫌じゃなかったんだ……」

頬ずりする。

「熱い。火傷しそう……ねえ、もう我慢できないよう！　挿入てェ！」

「よし」

龍次は軀を入れ替えた。

お光を仰向けにして両足を広げると、右手をそえた剛根を、その花園にあてがった。

丸々と膨れた玉冠が、濡れそぼった秘孔へ徐々に侵入する。

「あ、あうっ！　こんなに……っ！」

お光は喘いだ。

くびれの部分が通過したところで、ほっと一息つく。

そこで、龍次は長大な茎部を、ぐいっと押しこんだ。

「――――っ！」

お光は、背を弓なりに反らせた。

「あああ……いっぱい、いっぱい入ってるゥ！」

「いいか、動くぞ」

「う、うん」

抽送が始まった。

「あん、あん……き、きついっ」

「お光坊、大丈夫か」

「平気よ、お兄ちゃん。もっと、もっと強く突いてっ！」

お光は龍次にしがみつき、足を男の腰に巻きつけた。

自ら、臀を揺すり上げる。

龍次は律動の速度を早めた。

深く、浅く、浅く、深く、時には捻りを加えて、お光を責める。

「もっと、奥までっ！　滅茶苦茶にしてェ――――っ！」

嗚咽しながら、お光は叫んだ。

汗だくだ。

龍次は大腰を使う。

二人の呼吸が一つになり、ついに最後の絶頂が訪れた。

熱い洪水が堰を切って、濁流のようにお光の最深部に流れこむ。

娘は言葉にならない絶叫とともに、達した。

半ば気を失いながらも、彼女の花孔は健気にも龍次の巨根を締めつける……。

しばらくして、龍次は女の体内から肉茎を引き抜いた。

きれいに後始末をしてやる。

「やさしいんだねえ……」

目を覚ましたお光が、うっとりとした声で言った。

「そいつは、どうかな」

龍次は仰向けになって、天井を見つめる。

「ううん。龍次兄ちゃんは昔から、やさしかったもの」

「…………」

お光は、放出後も容易に衰えぬ逸物を柔らかくつかみ、龍次の広い胸に頬をよせた。

男の乳首を舐めながら、

「羞かしいけど、凄く良かったァ……。お兄ちゃんは？」

「ああ」

抑揚のない声で、龍次は答えた。

「ね……」とお光は言った。

「あたしを、お内儀さんにしてくれない」

「………」

「八年ぶりに肌を合わせて、はっきりわかったんだよ。お兄ちゃんに可愛がってもらうと、まるで、極楽に行ったみたいなんだもの。やっぱり、初めて女にしてもらった男性だから、軀が覚えてるんだよ、きっと」

「………」

娘は、すがりつくような口調で、

「そりゃあ、この八年間、ずっと男なしのきれいな軀だったとは言えないけど……汚れた女は、嫌かい。あたし、一生懸命いいお内儀さんになるように、するからさあ！」

「――お光」龍次は、静かに言った。

「俺にはさがしている女がいる」

お光は息を呑んだ。

「その女を見つけるために、俺は卍屋になって旅をしているんだ」

「そ、その女って、まさか……」

「生きていれば、今年で十八。名前は、おゆうだ」

「……おゆう」

お光は、唇を震わせて、宙空を見据えた。

4

明け方、夜具の中で目覚めた時、龍次をひどい頭痛を覚えた。

酒には、かなり強い方なのだが、安酒を飲み過ぎたのだろうか。

「はいよ、お兄ちゃん」

朝餉の支度をしていたお光が、宿酔いの薬と梅干し入りの茶を、持って来てくれる。

男の精をたっぷりと吸ったせいか、肌がしっとりと光っていた。

それを飲んで、龍次は横になり、目を閉じる。

（あれはなんだったのか……）

疼く頭の隅で、ぼんやりと考えた。

――二度の交わりの後、深夜に、ふと龍次が目覚めると、隣に寝ている筈のお光の姿がない。

小用へでも行ったのかと思ったら、裏口で何か低い話し声がする。

反射的に、龍次は枕元の道中差を引き寄せ片膝立ちになる。

と、その直後に話し声は止み、そっと板戸を閉める音がして、肌襦袢姿のお光が銚釐を下げて戻って来た。

龍次は道中差を元に戻しながら、

「誰か来てたのかい」

胡座をかいた。

「ううん」

お光はかぶりを振って、夜具の上に座りこんだ。

「野良犬が土間に入りこんでたんで、追っ払ったんだよ……はい、これ」

そう言いながら、湯呑みを龍次に渡す。

銚釐の濁酒を注いだ。龍次は、一気に干した。

「ねえ」

お光が、龍次の広い背中に、しなだれかかる。男の項に唇を押しつけた。

「お兄ちゃん……」

唸るように、言う。

「なんだ」

「ねえってばァ」

龍次はかすかに笑って、

「ねえ、だけじゃわからないぜ」

「……馬鹿」

男の肩に歯を立てようとする。

そのお光の乳房を、八つ口から差し入れた龍次の手が、つかんだ。

「うっ」

小さく呻いた女の軀を、龍次は膝の上に抱えこむ。

肌襦袢と下裳を割って、腿の奥に手をすべりこませると、

「はぅ………う」

そこは臨戦態勢で、熱く蕩けていた。

お光の下肢を大きく広げさせ、跨がらせる。

対面座位だ。

下帯を取り、開放された巨根を剝き出しの秘裂にあてがうと、一気に女の臀を降下させる。

「……んっ!!」

深々と抉られて、お光の顔が苦痛に歪んだ。

が、すぐに己れから腰を振って、蜜の快楽を貪る。

そうしながら、銚釐から直接濁酒を含み、龍次に口移しで飲ませた。

さらに激しく、臀を上下させる。

結合部から、卑猥な音が調子よく響いた。

汗が飛ぶ。

牝獣のように激しく大胆に、お光は軀の中心で、男のものを咬らう。

終いには、彼女は綿のように疲れ果てて、全裸のまま四肢を投げ出し、眠ってしまった。

龍次の方は、まだ余力を残したまま眠りについた……。

が、朝になったら、まるで頭の中で半鐘が連打されているような、大変な状態だったのである。

それでも薬が効いたのか、いつしか龍次は眠りに落ちた。

次に目が覚めた時、お光の姿はなかった。

正午前らしい。

小用をたしてから表を見ると、草鞋屋は閉めたままであった。

汲み置きの水を腹いっぱい飲んでから、また寝る——。

「む……」

額に冷たいものが置かれたので、龍次は目を開いた。

「どう、具合は」

顔を覗きこんでいたお光が、訊く。

「もう、いいようだ。世話になったな」

躯を起こしながら、龍次は言った。

頭の芯に鈍痛が残っているが、動けないことはない。

「お兄ちゃん……」硬い表情でお光が言った。

「おゆうさんをさがし出して、どうするつもりなの」

龍次は立ち上がった。

「――向こうが望めば、夫婦（めおと）になる」

「もし、もう誰かと一緒になってたら？　お兄ちゃんと……夫婦になりたくないって言ったら？」

身支度をしていた龍次は、お光の顔を見つめて、

「お光……。お前、何を隠してる」

挑むような強い眼差（まなざ）しで、お光は龍次を見返した。

「……あたし、おゆうさんの居場所、知ってるの」

「っ!!」

龍次は、我を忘れて、お光の肩をつかんだ。

「本当かっ!?　どこだっ！」

この冷徹な男にしては珍しく、感情を剝き出しにしにしている。

「教えてあげてもいいけど、一つ約束して」

「約束……？」

「おゆうさんが、お兄ちゃんと一緒になりたくないって言ったら、あたしのところに戻って来て。ね、いいでしょ！」

少しの間、お光の顔を凝視してから、龍次はゆっくりと頷いた。

5

龍次が、お光の草鞋屋を出たのは、未の中刻――午後三時過ぎであった。

強い日差しの下、白く乾き切った宿場の通りを、旅支度の卍屋龍次は足早に歩いて行く。

菅笠の下の龍次の顔は、期待と不安が入り混じった、複雑な表情であった。

お光の話によれば、〈お由〉は中仙道から外れた山奥に、祖父と住んでいるという。

関ケ原宿に、大宮から来たお光と叔父の周作が草鞋屋を開いたのが、一年前のこと。

それから何日もたたないうちに、宿場に買物に出て来たお由を、偶然見かけたのだった。

最初はお光も、どこかで会った顔だと、ぼんやり眺めていたのだが、油屋の主人が「お由ちゃん」と呼ぶのを聞いて、あっと思いだしたのである。

お由の方も、「ひょっとしてお光姉ちゃん……？」と絶句し、お光の顔をまじまじと見つめたのだ。

あの地獄の蓮華堂の女子寮で、短期間だけ一緒になった二人である。

しかし、八年ぶりの再会だったが、話は弾まなかった。

互いに住んでいる所を聞いた後は、ぎごちなく天気の話をして、すぐに別れたのである。

その後は、何度も宿場の通りで出会ったが軽く会釈するくらいで、立ち話もしなかった。

他人様(ひとさま)には絶対に言えない、浅ましい淫魔(いんま)地獄にいた二人である。

消せるものなら、消してしまいたい過去だ。

思い出話に花が咲くという関係ではない。

それで、互いに相手を、ほとんど無視しているのだった。

「そんなだから、龍次兄ちゃんが訪ねて行っても喜ぶかどうか……」

お光はそう言ったが、とにかく龍次は、お由に会わねばならないのである。

そのためだけに、この八年間生きて来たといっても、過言ではない。

全ては、会ってからのことだ。

宿場の出口に、葦簾(よしず)をかけた茶屋があった。

その茶屋の前を通り過ぎた龍次だったが、すぐに引き返して、中に入る。

手前の床几に腰を下ろし、麦湯を頼んだ。

他に客は、奥の卓で中年の旅の者が二人、草餅を食べているだけだ。

「お待たせしました」

冷えた麦湯を持って来た親爺に、龍次は柔らかい口調で、

「ちょっと、お尋ねしますが」

「はいはい」

「山中村の奥に、薪売りをして暮らしている人がいるそうですが」

「ああ、要助爺さんだね。うちへも時々、来ますよ」

「その要助さんとおっしゃる方は、一人で住んでいるのですか」

「いいや。孫娘と一緒ですよ。お由さんといって、えらく別嬪でね」

「ほほう。で、年は……」

「今年で、十八といってたかな」

親爺はお由の特徴を色々教えてくれたが、それは、お光の話と一致した。

龍次が礼を言うと、親爺は奥へ引っこんだ。

小川で冷した麦湯は、うまかった。

「――とにかく、中仙道も物騒になったもんで」

中年の旅の者が、言った。

「この辺りにも、美人局(つつもたせ)が出るそうじゃないですか」

「ええ、そうなんですよ。古い手だが、街道の端でしゃがみこんでる、ちょいと綺麗な娘がいる。声をかけると病気だと言うので、介抱してやると、いきなり人相の悪いのが飛び出してきて『俺の女房に何をしやがるっ！』って、長脇差(ながどす)を抜くんですからね。たまりませんよ」

「末世(まっせ)でございますなあ」

二人の会話を聞き流して、龍次は茶屋から出た。

宿場を出て街道を進む。

道の左右は、松尾村である。

かつて、ここには、我が国三関の一つである不破(ふわ)の関(せき)が置かれていた。

藤川の土橋を渡ると、藤下村(とうげむら)になる。

峠村とも書くように、坂の多い山村だ。

弘文(こうぶん)天皇――つまり大友皇子(おおとものおうじ)が、壬申(じんしん)の乱に敗れて自害したのが、ここだという。

さらに先に進むと、山中村がある。

村の中央には、幅九尺五寸、長さ一間の土橋があった。

中仙道を北から南へ横切る、流れの速い黒血川に架かる橋だ。

黒血川とは面妖な名前だが、七世紀後半に起こった壬申の乱の時、大海人皇子軍と大友皇子軍の死闘で夥しい血が流れこみ、川の水が黒く染まって見えたので、この名がついたのだという。

道の左手奥に、高さ十五尺――約四・五メートルの鶯の滝があり、その水が黒血川に落ちていた。

その黒血橋を渡った先に、右に入る支道があった。

龍次は段々畑の中の道を、登って行く。

畑を通り抜けると、道は林の中に入った。

うるさいほどの蟬の声を聞きながら、龍次は山を越えた。

次の山を登って行くと、中腹に薪小屋があった。お由と、祖父の要助が住んでいる小屋である。

二人は山で集めた薪を、関ケ原宿や、その先の今須宿へ売りに行って、生計を立てているのだという。

入口の戸が開いている。

小屋の数メートル前で龍次が立ち止まるのと、中から野良着の娘が出て来るのが、ほぼ同時であった。

肌は浅黒く野生的だが、美しい顔立ちの娘だった。

瞳は大きく、睫が長い。

髷は結わずに、無造作に後ろに垂らした髪を、盆の窪のあたりで括っている。

「誰だっ！」

娘が鋭く問うた。手に鉈を持っている。

老人は出かけているらしい。

「お由さん……ですね」

卍屋龍次は、風呂敷包みを肩から下ろし、菅笠をとった。

「龍次ですよ、八年前に蓮華堂で会った」

男の秀麗な顔を見て、お由は一瞬、眩しそうな表情になったが、あわてて眉を引き締める。

「し、知らないよっ！　あんたなんて！」

道中差の鍔に下げた土鈴を、龍次は鳴らして見せる。

「俺の名前は忘れても、こいつは覚えているだろう。八年前のあの日、お前さんが俺にくれた鈴だ」

娘は、ふんと鼻で笑って、

「男雛(おびな)の鈴と対になってた奴だろう。覚えてたら、どうだというんだい。そんな物を今でも、後生(ごしょう)大事に持ってるなんて、ご苦労なことだね」

「…………」

「あたしはねえ、そんな昔のことは、もう思い出したくないんだよ。関わり合いたくないんだ。さっさと、帰っておくれっ」

「…………」

「帰らないと、こいつで痛い目にあわせるよっ！」

お由は鉈を振り上げた。

「やってみなせえ」低く、龍次が言った。

その凄みのきいた声に娘はたじろいだ。

龍次が一歩、前に出る。

反射的に、お由は鉈を投げつけた。

回転しながら、鉈は龍次の顔面に飛ぶ。

が、ぶつかる直前、キ――ンという金属音がして、鉈は横へそれた。
櫟の根元に落ちる。
龍次が鞘ごと道中差を抜いて、鐺で弾いたのだ。
「っ！」
お由は身を翻して、逃げた。
小屋の中へではなく、林に飛びこむ。
山の中で暮らしているせいか、敏捷で、羚羊みたいな身のこなしだ。
龍次は追った。
旅廻りで鍛え抜いた龍次の足も速い。
肩越しに振り向いたお由が、意外に距離を詰めている龍次を見て驚く。
同時に、古木の根につまづいた。
倒れたお由の顔すれすれに、抜き身の道中差が飛んで来た。
「ひっ！」
道中差は古木の幹に、突き立った。
女雛の土鈴が、ころころと鳴る。
お由は、木の根元に臀をついたまま、金縛りにでもあったように、動けなくなってしまった。

ゆっくりと近づいて来た龍次は、冷たい目で娘を見下す。

「こ、殺さないで……」

震えながら、お由は言った。

先ほどまでの傲慢（ごうまん）な仮面が剝げ落ちて、十八歳の娘の地金（じがね）が露出したのだ。

龍次は白い木股（きまた）の前を開きながら、

「そいつは、虫が良すぎる。お前の方は、俺を殺そうとしたじゃねえか」

「それは……」

言いかけて、お由は「っ！」と顔を背（そむ）けた。

彼女の目の前に、龍次が男性の象徴を曝（さら）け出したからだ。

龍次は、お由の髪を無造作につかみ、正面を向かせると、その口の中に男根を押しこんだ。

「うぐ……む……！」

驚いたお由が、逃げようとするのを許さず冷酷な表情の龍次は、大きく腰を使う。

まだ柔らかいが、圧倒的な質量の肉塊に口腔（こうくう）を占領された。

歯で嚙み切ろうとしても、男の手が顎のつけ根を強く押さえているので、力が入らない。

咥えさせられた肉茎は、次第に容積を増やしてゆく。

硬く、太く、長く、熱い。

娘の口の中から、ずるり、と龍次は巨根を引き抜いた。

咽るお由の背中を、龍次は手で突く。

「あっ」

娘は地面に四ん這いの姿勢になった。

その背後に、龍次は片膝をつき、お由の山袴と下袴を引き下ろした。

引き締まった筋肉質の白い臀が、剝き出しになる。

亀裂を覆う秘毛は濃く、この姿勢では、後方へはみ出していた。

「九分九厘、わかってる。だが、念のためだ……その軀、改めさせてもらうぜ」

そう言い捨てて、龍次は、いきなり花孔に人差し指と中指を侵入させた。

「ああっ！」

苦痛のため、娘は五体を硬直させる。

が、生娘ではなかった。

経験は浅いが、すでに男を知っている軀であった。

花孔内の微妙な感触が、龍次にそう告げた。

その狭洞を、皮鞘に隠された肉粒を、後門を、そして中間地帯を、しなやかな指が執拗に、嬲った。

「うう……あァ………」

意思とは相反して、お由のそこが徐々に、熱い秘密で潤ってくる。

「あっ、あっ、あああ」

屈辱的な姿勢のまま喘ぎながら、娘は形の良い臀を振った。

腿の内側を、亀裂から溢れ出た液体が濡らす。

龍次は、屹立している剛根の丸い先端を、濡れた狭間に押し当てた。

ゆっくりと、円を描くように回す。

「くそっ、止めろ！　ち、畜生――っ！」

口汚く罵るお由の言葉とは裏腹に、肉体の最深部からの分泌量は、さらに増大した。

龍次は、十八歳の白い臀を抱えて、焔のように熱い双龍根で、一気に貫く。

「――――っ!!」

超極太の男根の強行突入に、お由は悲鳴を上げた。
花孔の内部は、隘路であった。
髪の毛ほどの隙間もなく、ぴっちりと肉茎を締めつける。
「あ……ああ……っ！」
龍次は、緩急深浅自在の動きで、犬のような姿勢の娘を責める。
その絶妙の性技に、お由の反応に変化が生じた。
攻撃にひねりを加えると、思いもよらなかった未知の部分が刺激されるらしく、
「はァァ……」
喘ぎに甘みが混じる。
白い臀が、桜色に染まった。
ついで、その桜色の臀を自ら振って、龍次の律動に合わせようとするのであった。
頃は良しと見て、龍次の責めが勢いを増した。
責めながら、短襦袢も剝ぎとって、上半身も裸にする。
娘の胸乳は、良く発達していた。
それが前後に揺れる。

双龍根の淫猥な抽送音が高まり、泡立った蜜液が結合部から零れ落ちる。

「お……おお――っ!!」

お由は哭いた。

その瞬間、哭きながら、両手の指で深く地面を抉った。

女悦の極みに達したお由とは反対に、大量の熔岩流を娘の体内にそそぎこみながら、龍次の顔を深い失望が覆う。

「やっぱり……そうか」

ぐったりとなったお由の紅潮した背中を睨みつけ、龍次は静かに言った。

「――おい、どういう理由で、俺の〈おゆう〉の偽物になりすましたんだ?」

6

龍次は、山中村を抜ける支道から中仙道へ戻った。

空は茜色に染まり、街道や畑に人影はない。

ただ、鶯の滝の河原に、一人の浪人者がこちらに横顔を向けて佇んでいた。

手に大きな瓢を下げている。

酔い醒ましに、滝の水が落ちるのを眺めている風だ。

四十がらみの浪人で、月代を伸ばしてはいるが、髭はきれいに剃っていて、小ざっぱりとした身形をしている。

主持ちではないが、喰い詰め者でもない。

龍次が関ケ原宿へ戻るために、黒血川の土橋を渡ろうとした時、突然、その浪人者が瓢を捨てて、何かを投げた。

銀線が龍次の方へ奔った。

「っ！」

反射的に、龍次は腰をひねり、道中差を抜いていた。

柔らかい土鈴の音と、鋭い金属音が重なって、地面に細い刃物が突き刺さった。

大刀の鞘の脇に納めてある小柄であった。

小柄は片刃造りで、投擲用としては不向きだが、腕の立つ者ならば、手裏剣の代用に出来る。

「ほほう、無楽流脇差居合術か……」

感心したように呟きながら、浪人者が土橋の上へ昇って来た。

「これは珍しいものを見せてもらった。今時、小唄端唄を習う武士はいても、脇差居合などという業の遣い手は、そうはおらん。まして卍屋の身でなあ」

無楽流――長野無楽斎槿露が開いた居合術の流儀である。

無楽斎は、上州箕輪城主・長野信濃守の一族で、長野十郎左衛門という。

永禄三年二月に、箕輪城は武田信玄に滅ぼされた。

出羽を流浪した十郎左衛門は、林崎神明夢想流の開祖・林崎甚助重信に抜刀術を学び、これに己れの工夫を加えて、新たに一派を開いた。

これが無楽流で、名も無楽斎と改めた。

剣聖・上泉伊勢守信綱の孫である上泉孫次郎義胤も、門人であった。

晩年は江州彦根の井伊家に仕えて、五百石をとり、九十余歳で没したという。

奇人といってもよい人物で、いつも牛の背に乗り、その口綱を少女に引かせ、身分の上下に関係なく、あらゆる階層の人間とつき合った。

真冬でも炉にあたることなく、生涯不犯を貫いたといわれる。

無楽流は、他の名流と同じく、多くの分派を作ったが、そのうち脇差居合の業のみを独立させたのが、石橋雅十郎史典の無楽流石橋派脇差居合術である。

「無楽流石橋派は、その精妙すぎる業ゆえ後継者が育たず絶えた――と聞いていたがのう」

「………」

龍次は納刀し、無言で浪人者を見つめる。

「お前、卍屋龍次……だな？」

殺気の混じった声で、低く問う。

「俺が答えるまでもなく、そこに隠れている奴が、そうだと言ったはずだが……」

「何っ」

浪人から目をはなさずに、龍次は鋭く言った。

「出て来い、十六夜の銀太！　それに……お光っ！」

河原のそばの繁みの陰から、手拭いで頬かぶりをした銀太とお光が出て来て、街道へ上がった。

「なんで、わかった！　お由の阿魔が喋りやがったのかい！」

吠えるように、銀太が言った。

「そうとも」と龍次。

「お由に一両もやって、俺の捜している女に成りすましてくれ――と頼んだのは、お光だとな」

「………」

お光は、うなだれている。

「それに、叔父だと名乗っている男と組んで、この街道脇で美人局をやっているとも聞いたぜ。俺が助けた時も、芝居の真っ最中だったたってわけだな。さすがは関ケ原だ。裏切りはつきものというわけか」

つまり、草津へ行っているという周作が、実は十六夜の銀太だったのだ。

叔父と姪と偽って関ケ原宿に住みついた二人は、愛人関係だった。

そして、宿場の中では堅気の振りをし、街道へ出ては、旅人相手に美人局を働いていたのである。

深夜に草鞋屋の裏口で、お光と話していたのも、勿論、銀太である。

銚釐の濁酒に薬を混ぜて宿酔いにし、龍次の足留めをした。

そして、龍次が眠っている間に、お光は、たまたま名前と年齢が同じだった薪小屋のお由に会い、〈おゆう〉の偽物になってくれるように依頼したのだ。

銀太の方も、凄腕の助っ人を手配したという訳だ。

「やいやい、卍屋！　よくも、俺の髷を斬り落としやがったなっ！」

銀太は腕まくりして、

「聞いて驚くなよ。こちらの沼田膳次郎先生はなァ、武佐宿の岩花一家の用心棒だ。俺がお願いして、わざわざ来ていただいたんだぞ。へへへへへ。これで、おめえも、お終いってもんだぜっ」

「………」

「沼田先生、お願いしやすっ！」

浪人は、じりっと前に出た。

龍次は後退し、背中の風呂敷包みを下ろして、菅笠の紐を解く。

「お前の剣は凄い。それは認めよう。だが――」

沼田膳次郎は、無駄のない動作で腰の大刀を抜き放った。

両者の距離は三間――五・四メートル。

「わしの剣は、二尺七寸。お前の道中差より一尺も長い。さあ、どうする」

一尺――約三十センチの差は大きい。

技量が同等の者同士が立合った場合、疑いもなく刀の長い方が有利である。

簡単に言えば、龍次が相手を斬る間合いの三十センチ手前で、膳次郎は龍次を斬ることができるのだ。

「………」

沼田膳次郎は切尖を上げて、大上段に構えた。

「示現流(じげんりゅう)……か」

龍次は眉をひそめた。

南国薩摩で生まれた、一撃必殺の流派である。

薩摩藩の御流儀である。

流祖は、東郷肥前守重位(とうごうひぜんのかみしげかた)。

防御は学ばず、二の太刀も考えない。

大上段から、天地をも両断する気合で斬り下ろす。

この初太刀(しょだち)に、勝負を賭けるのだ。

受け止めようとしても、その剣ごと頭を割られてしまうという、怖るべき剣法だ。

その初太刀を外せ——とは、どの流派でも教える示現流対策なのだが、ではどうやってあの鋭い撃ち込みを外すのか、ということになると、答えは出ない。

その示現流を、この浪人者は遣う。

じりっ、と沼田膳次郎は前進した。

龍次は、道中差の柄(つか)にも触れていない。

さらに膳次郎が、間合いをつめた。

と、いきなり、龍次が突進した。

相手の懐へ、自分から飛び込む。

無謀過ぎる行為だ。

その軀が己れの刃圏に入った刹那、当然のように、膳次郎は大刀を振り下ろした。

「ちぇええ――いっ!!」

龍次の頭部が、菅笠ごと西瓜のように両断された――と思った瞬間、浪人者は低く呻いた。

沼田膳次郎は見た。自分の左脇腹が、深々と切り裂かれているのを。

大量の出血が、腰から下を、どっぷりと濡らしている。

「き、貴様……」

頭をめぐらせて、斜め後方にいる龍次を膳次郎は見た。

「怖ろしい奴………」

それだけ呟いて、浪人者は倒れた。

臓物と血が、路上にぶち撒けられた。

龍次は、突進すると同時に、菅笠を前方に飛ばしたのである。

そして、錯覚した沼田膳次郎の剣がそれを切断するや、すれ違いざまに、相手の胴を抜き打ちにしたのだった。

道場剣法では考えつかない、示現流初太刀外しの奇策であった。

「もう、止めて！」

「うるせえっ」

銀太の吠え声と、お光の悲鳴が同時であった。

龍次が振り向くと、肩を割られたお光が土橋の端に、倒れるところだった。

長脇差を抜こうとする銀太を、お光が止めようとして、斬られたのである。

龍次は突進した。

あわてて長脇差を構える銀太の頸部に、道中差を叩きこむ。

「けっ!?」

十六夜の銀太の首は、恐怖に歪んだ表情のまま、数メートル先に吹っ飛んだ。

首のない軀が、ごろりと地面に転がる。

「お光坊っ」

納刀した龍次は、お光を抱き起こした。

「……お兄ちゃん……違うの」

弱々しい声で、お光は言った。

「あたし、美人局が嫌で……もうやらないって言ったんで、銀太に林の奥で折檻されてたんだ……」

その悲鳴を、たまたま街道を歩いていた龍次が聞いたのである。

「お由ちゃんに嘘を頼んだのも……ただ、お兄ちゃんと暮らしたくて……それだけで……」

「お光坊、もう喋るんじゃねえっ」

ゆっくりと、お光の目が閉じられた。肩から溢れ出る鮮血が、黒血川に流れ落ちている。

「……この八年間、色んな男に弄ばれて来たけど……最後に龍次兄ちゃんに抱いてもらって……良かった……」

お光は、首を垂れた。

血の気を失くした白い唇が、微笑しているように見えた。

その死顔を、陽が沈む直前の最後の残照が金色に染める。

そして、すぐに薄暗くなった。

幼くして性の観世物にされ、その後も蛆虫以下の男たちに利用されるという、惨めな地獄巡りの生涯であった。

この若さで、普通の人間の何倍もの苦渋を舐めさせられて来たのだ。

十八歳で、すでに人生の残照を見ていたのである。

——俺が一緒にいてやると言えば、お光は死なずに済んだのかも知れない……。

龍次は、すでに暖かみのないお光の顔に頬を押しつけた。

こめかみが、細かく痙攣（けいれん）している。

それから、お光の手を組ませてやると、立ち上がった。

風呂敷包みを背負って、龍次は歩き出した。

その顔に、表情と呼べるものは何もない。

風が龍次の前髪をなぶり、腰の土鈴をころころと鳴らした。

その素朴な音色（ねいろ）だけを道連れに、孤独な男は足早に街道を去って行った。

その生死さえ定かでない幻の女〈おゆう〉をさがすために……。

道中ノ三　鈴鹿峠・空白の女

1

油断していた、としか言いようがない。
男の呻き声が聞こえるまで、卍屋龍次は、全く気づかなかったのである。
すぐに振り向いた。
「！」
土手の中ほどで、四十近い男が、胸の真ん中を道中差で貫かれていた。
刺したのは、見知らぬ旅姿の女だ。
正午近い街道には、人の姿はない。
寛政二年——西暦一七九〇年の陰暦七月下旬である。そろそろ夏も終りの頃だ。
男は、ゆっくりと倒れる。

胸に突き立てられた道中差が、陽光を弾いて一瞬、きらりと光った。

鍔（つば）に下げられた女雛（めびな）の形の土鈴（どれい）が、ころ――――んと鳴った。

それは、龍次の道中差であった。

そのまま男は、土手の斜面に逆さに大の字になった。

「ちっ」

龍次は水を蹴って、池の中から駆け上がった。

旅姿の女が道中差を引き抜き、男の着物の袖で、強く拭った。

血脂のとれたそれを、鞘（さや）に納める。

落ち着いていて危なげのない、馴れた動作であった。

それから、土手と池の辺の間にある草叢（くさむら）の中へ、死骸を蹴転がす。

男の軀（からだ）は草の中に隠れて、街道からは見えなくなった。

しばらくは、この死体は発見されないであろう。

ようやく土手に達した龍次に、女は目を向けて、

「おや……惚れ惚れするような、いい男だねえ」

とても、たった今、人を刺し殺した者の口調とは思えぬほど、明るい声だった。

玉虫色の紅（べに）を刷（は）いた唇には、微笑すら浮かべている。

まだ若い。
十七、八であろう。
肌が白く、整った容貌をしている。

堅気の娘に見えないこともないが、大きな瞳には、凄いほどの艶気をにじませていた。

龍次の方へ、ひょいと道中差を差し出し、伝法な口調で、

「ほら。遠慮せずに、おとりよ。あんたの刀じゃないか」

「………………」

さすがの龍次も言葉を失った。

汚れた着物を洗うために、彼は街道から降りて、この弁天池に入った。

風呂敷包みと菅笠、そして道中差は池の辺に、まとめて置いた。

その道中差を、いつの間にか、この女が奪い、それで男を刺し殺したのである。

「一体、どういうつもりだ」

「どうもこうも、ないよ。この男は、あたしをつけていた京の岡っ引でね。その岡っ引を刺したのは、あんたの道中差。これで、あんたも奉行所から追われる身になったという訳さ。つまり、お仲間同士だね」

「おめえって女は……」

女は小首をかしげ、嗤いを含んだ声で、

「おめえ、なんて呼ばれたくないね。あたしにゃあ、遊って立派な名前があるんだからさ」

「お遊……!?」

龍次は愕然として、女の顔を見つめた。

晴れ渡った空のどこかで、雲雀が鳴いていた——。

2

昨日の深夜——龍次は、京の河原町通りにある旅籠〈山岡屋〉にいた。

客室ではなく、女主人の自室にだ。

「憎い男やねえ……ほんまに……」

そう呟きながら、お秋は、腹這いになって酒を飲んでいる龍次の背中に、頬ずりをした。

下裳一枚まとわぬ全裸で、先ほどまでの激しい交わりのため汗で濡れた額に、乱れた前髪が張りついている。

脂ののった、女盛りの躯だ。

肉づきは普通だが、乳房は大きすぎるほどで、桜色の乳輪は並の女の倍ほどもある。

二十五歳になるお秋は、三年前に養子の夫を流行病で亡くして以来、十数人の奉公人を使って山岡屋を切り回して来た。

美しい未亡人で老舗の旅籠の主人ともなれば、言いよる男も多かったが、彼女は頑なに貞操を守っていたのである。

それが卍屋龍次を一目見るや、長い間、躯の深底に閉じこめられていた情欲の焔が、猛烈な勢いで噴出して全身を奔りまわるのを、はっきりと感じたのだった。

四日間は我慢した。

が、それ以上は不可能だった。

五日目の晩、自分の部屋に龍次を呼んで、張形を見せてもらったお秋は、たまらずに自分から男に抱きついたのである。

三年ぶりのそれは、まるで嵐の海に翻弄される笹舟のようであった。

性技も持久力も、龍次は抜群だった。

何よりも男の象徴が、今まで見たことも聞いたこともないほど、立派なものであった。

その勇壮無類の剛根に背後から責められ、お秋は生まれて初めて、女悦のあまり気を失ったのである。

それが十数日前のことで、それから三日に一度は、こうして主人部屋で抱いて貰っている。

使用人たちにも、半ば公然の関係であった……。

「二十後家は立つが三十後家は立たん――いう諺は、嘘どすな。わては、もう、あんさん無しでは……」

言いかけて、お秋は、はっと息を呑んだ。

最初の晩、死のように深い失神から覚めた彼女は、もう見栄も羞恥心も振り捨てて、夫婦になってくれと龍次をかき口説いた。

が、龍次は冷たい口調で「もう一度その話をしたら、二度とこの旅籠には来ねえ」と言ったのを思い出したのである。

「堪忍、堪忍えっ」

叫ぶように言って、お秋は狂ったように男の軀中に接吻した。

有明行燈の淡い光の中、引き締まった臀の狭間にまで、舌を差し入れる。

その己れの行為が、倒錯的な快感を呼び起こしたらしい。

お秋は龍次の軀を横臥させると、背中の方から、男の太腿の間に頭を突っこんだ。

押し広げた狭間の中にある後門に、唇を押しあてる。

舌先で円を描くようにして、熱心に舐めまわした。

片手で柔らかい肉茎を握り、しごき立てながら、舐めるのだ。

この美しい若者になら、どんな破廉恥で大胆な奉仕もできる――とお秋は思い、そう思うことで余計に興奮した。

明日が出立で、今夜が最後というのが、さらに欲望を高めた。

後門だけではなく会陰部も、重く垂れ下がった布倶里までも舐め、瑠璃玉を口中でころがし、しゃぶる。

さらに、舌を円筒状に丸めて、男の後門の奥深くねじこんだ。

その刺激のためか、休止状態であった男の肉茎に、どくん、と命が甦った。

見る見るうちに、灼熱の火柱となって、そそり立つ。

「ああ……嬉しい」

お秋は瞳を輝かせて、その剛根を握った。

長大だ。

両手で握りしめても、まだ、たっぷりと余っていた。

女主人は、ふくれ上がった玉冠(ぎょくかん)を舐めまわす。

先端の切れ込みに溜った透明な露(つゆ)を、音を立てて吸った。

それから、肉茎の裏側に頬をすりよせて、

「凄い……火傷(やけど)しそう……」

「お秋さんが、上手だからさ」

「まあ、冗談(てんご)言うて……」

お秋は、ねっとりした流し目で男を見て、

「ね、龍次はん……して」

「こっちへ来な」

龍次は、お秋を横臥させ、両足を胸につくまで曲げさせた。

そして、その背後から胸を抱き、猛(たけ)り立ったものを臀の割れ目へあてがう。

熱い秘蜜の坩堝(るつぼ)と化している花孔へ、みしり……とピンク色の巨獣が侵入した。

「はあァ……っ！」

切なそうに、お秋は呻いた。

平行に横臥して、背後から挿入し、律動する。

これが、中国の性書にいう〈利蔵〉の態位だ。

この形で交われば、男の精神を和らげ、女の冷感症を治し、また、肝・心・脺・肺・腎の五臓を癒す——といわれている。

ゆっくりと大きく、龍次は腰を使う。

お秋は首を後ろへ捻じ向けて、愛しい男の口を吸うが、こみ上げる快感に、悦声を抑えることができない。

散々、背後から責めてから、龍次は挿入したまま、女を俯せにした。

両足を大きく開かせ、その上にのしかかった。

豊かな臀を持ち上げさせなくとも、龍次の長大な男根は楽に女陰を貫くことができる。

益液の態位——骨格を堅固に立派にする効果があるという。

「あっ、あっ、あああっ、あっ、あ……あァァ！」

夜具に顔をこすりつけながら、お秋は哭いた。

龍次の巨根に突かれれば突かれるほど、不枯の泉のように、次々に新たな快楽の波が押し寄せて来る。

そして、遂に最後の大波が来た。

夜具が裂けるほど強く爪を立てて、お秋は絶叫した。

同時に、龍次も強か(したた)に放つ。

軀の最深部に、生命の素をそそぎこまれて、お秋は喪心(そうしん)した。

——小半刻(こはんとき)ほどして、お秋は意識をとり戻した。

龍次が、きれいに後始末をしてくれたのに気づき、頰を赧(あか)める。

「……あの鶴屋(つるや)の御浪人はん、お気の毒どしたなあ」

照れ隠しのように、なんの脈絡もなく、お秋が言った。

「浪人……？」

「へえ。あの身元のわからなんだお人、仇敵持ち(かたきもち)の浪人さんやて」

——昨夜、京でも一、二を争う呉服問屋の〈鶴屋〉が強盗団に襲われて、一家皆殺しにされた。

奪われた現金はおよそ六百両と、これだけの大店(おおだな)にしては額が少ないのは、前日に急に大きなとり引きを決済したからだ。

が、一緒に盗られたのが、大変な代物(しろもの)だった。

太閤が造らせたという、家宝の黄金煙管(ぎせる)である。

煙管の長さは一尺——約三十センチ。

吸い口から雁首(がんくび)に向かって巻きつく雲龍(うんりゅう)が浮彫りになっている。

龍の目玉や、前肢(ぜんし)でつかんだ玉(ぎょく)には、珊瑚(さんご)を嵌(は)めこんであった。たなびく雲は、螺鈿(らでん)だ。

いかにも、成金趣味の豊臣秀吉が好みそうな豪華な細工物(さいくもの)であった。

御用商人だった鶴屋の先祖が、太閤から賜(たまわ)った逸品で、捨て値でも三千両は下るまいという噂だ。

主人一家だけではなく、奉公人たちも、殺された。

死者の総計、二十八人。まさに虐殺である。

犯行の手口から、鶴屋を襲ったのは〈隼組(はやぶさぐみ)〉だとわかった。

二年前から、関西地方の大店や豪農などを荒らしまわっている凶賊である。

闇にまぎれて、密かに千両箱や品物を運び出す——などという古風な盗賊ではない。

隼組は総勢五人で、押し入った店の者は赤ん坊でも皆殺しにし、有り金は残らずいただく。

時には、火までかける。

残忍無類の奴らだ。

京の町奉行所は、大坂と同じに東と西に分かれていて、今月の月番は東町奉行所である。

だが、京都所司代は事件の凶悪さを考慮して、東西協力して事件の捜査に当たるようにと、両町奉行に命じた。

つまり、総力をあげて隼組を召し捕れ――という命令である。

与力も同心も岡っ引も、目の色を変えて、京の街の中を駆け回っていた。

が、殺された二十八人の中に、店の者ではない死骸があった。

それは豆州(ずしゅう)浪人・岡部某(なにがし)という者で、事件当日、たまたま鶴屋の店先で行き倒れになったのを助けられ、奉公人部屋へ寝かされていたのである。

岡部は仇敵持ちだった。

仕事上の口論から父を斬った男を捜して、三十年間旅をして来たのである。

年齢は五十近い。

すでに藩籍は抜かれ、親戚からの援助も、とうの昔に断たれていた。

路銀(ろぎん)も尽き、水っ腹で四日間も過ごして、ついに鶴屋の前で意識を失ったのだ。

そして、親切な介抱を受けて安心したのも束の間、たまたまその晩に凶賊隼組が侵入し巻き添えをくって殺されたのである。

不運としか、言いようがない。

仇討ちの成功率は、一パーセントだといわれている。

つまり、百人の仇討ち人がいるとしたら、見事本懐をとげて故郷に戻れるのは、たった一人だけということだ。

あとの九十九人は、仇討ちを諦めて町人か百姓になるか、仇敵に会えぬまま野垂れ死にするかであった。

岡部は、その九十九人の一人になったのである……。

「どないしはりました？」

急に険しい表情になった龍次の顔を、お秋は覗きこむ。

「いや――」

短く言って、龍次は目を閉じた。

胸の奥に、どろりとした重い泥土が詰まったような気がした。

次の日――つまり今日の朝、卍屋龍次は山岡屋を出て、京を立った。

お秋は、見送りに出て来なかった。

宿を出たのは卯の下刻――午前八時という遅い時間である。

普通は明け六つ立ちといって、旅人は夜明けとともに目覚めて、午前六時には旅籠を出る。

よほど旅慣れた者でないと、陽が落ちたら歩けないから、明るいうちに少しでも距離を稼いでおくためだ。

龍次の出立が遅れたのは、用事があったとか、昨夜の疲れが残っていたとかいうのではなく、ただ気持ちが倦んでいたせいである。

その原因は、岡部浪人のことであった。

龍次は勿論、岡部某に会ったことも話したこともない。

だが、他人事とは思えなかった。

岡部の死に、自分の末路を見たような気がするのだ。

八年前に、たった一度会ったきりの娘〈おゆう〉を捜して、卍屋龍次は全国を旅して歩いている。

親も兄弟もない天涯孤独の龍次の、生きてゆく上での、ただ一つの目的であった。

だが、おゆうに関する手掛かりは、あまりにも少なく、その生死すら定かではない。

京の都には二十日ほど滞在したが、おゆうに関する情報は得られなかった。

それに——たとえ健在であったとしても、共通の暗い過去を持つ龍次の訪問を、果たして十八歳のおゆうは喜ぶであろうか。

自分は、ひどく無意味なことをしているのではないか……。

それを考えると、龍次の心は萎えるのだった。

自然と、街道を行く足も鈍る。

京から東へ三里の大津の宿を通り抜け、左手に琵琶湖を見ながら、南笠村を過ぎたあたりで、道端で遊んでいた子供に泥団子をぶつけられた。

いつもの龍次なら、簡単によけられたはずだ。子供たちは、逃げ去った。

龍次は、街道から土手を下りて、琵琶湖の手前にある弁天池へ入ったのである。

そして、汚れた着物を洗っている最中に、不覚にも道中差を奪われてしまったというわけだ。

その道中差で、岡っ引が殺された。

しかも、殺した女の名は——お遊。

3

「なんでまた、京の岡っ引になんか、追われてたんだ」

乾いた声で、龍次は女に訊いた。

「ふふ。さあ、なんでだろうねえ」

竹の杖をつきながら、お遊は艶然と微笑した。

若いのに、まるで擦れ枯らしの莫連女のような態度であった。

二人は肩を並べて、街道を歩いている。

年齢が近いから、ちょっと目には若夫婦に見えそうだ。

陽射しは強いが、琵琶湖の湖面を渡って来る風が涼しい。

あと半里ほどで草津であろう。

「何故、その懐に呑んでいる匕首じゃなくて俺の道中差を使ったのか、説明しな」

「道連れが欲しかったのさ。女一人の旅は、心細いからね」

人をくった返事であった。

大の男——それも荒事には馴れているはずの岡っ引を、ほとんど抵抗させずに、刺し殺したのである。

並の女にできる芸当ではない。

しかも、斬るのではなく、突いた。

武芸の心得のない女が刀を振り回しても、そう上手く人間が斬れるものではない。

だが、両手で柄をしっかり握って相手に突進すれば、剣尖は自然と相手の軀を貫く。

かなりの修羅場をくぐって来た者にしか、わからないことであった。

「そうか……」龍次は呟いた。

「お前、隼組の一味だな」

修羅場——と考えて、自然と鶴屋の惨殺が頭に浮かんだのである。

「…………」

お遊は黙って笑みを浮かべている。

沈黙は肯定の意味だろう。

隼組の五人は、奉行所の詮議の厳しくなった京の都を、ばらばらに脱出した。

ところが何故か、お遊には尾行がついてしまったのだ。

お遊は尾行の岡っ引を始末し、ついでに道連れをつくるために、たまたま見かけた龍次の道中差を使ったのである。

女の一人旅は目立つが、夫婦者ならば、怪しまれることもない。

まさに一石二鳥の策だ。

「俺が草津の宿役人(しゅくやくにん)に、お前のことを訴え出たらどうする」

「やってごらん。その時は、龍次さんも隼組の一味だと言うまでさ。何しろ、岡っ引の軀に残ってる刀疵(かたなきず)と、お前さんの道中差が一致するのだから、言い訳はできないよ。他に誰も、見てた奴はいないんだから」

お遊は揶揄(からか)うような視線を、龍次の秀麗な横顔に向けた。

まるで女に見間違(みまご)うほどに、美しい顔立ちである。

月代(さかやき)を伸ばして、前髪を左右に分け、左の房は頬まで垂らし、右の房は涼やかな眉(まゆ)にかかっている。

切れ長の目を飾る睫(まつげ)は長く、鼻梁(びりょう)がひときわ高い。

細面(ほそおもて)で、顎(あご)の線はすっきりとしていた。

旅廻りの商人なのに、日焼けのあともなく色白である。

品の良い唇には、甘さが漂っている。

役者のような――という褒め言葉があるがこの若者は、並の役者女形が足元にも及ばぬほどの美形であった。

お遊の視線に、何か熱っぽいものが含まれているのは、当然であろう。

ただ――蒼みをおびた龍次の目には、何とも深い憂いの色がある。

その翳りが、稚児じみた彼の美貌に、ある種の〈凄み〉を与えていた。

「――それで、俺は何処まで、お前と一緒に行きゃあいいんだ」

「やっと物わかりが良くなったね。なぁに、鈴鹿の峠を越えて、坂の下の宿までさ」

東海道を、京の都を起点にして東へ下ると、大津、草津、石部、水口、土山、坂の下の順に宿駅が並んでいる。

京から坂の下までの距離は、十八里――約七十二キロ。

鈴鹿峠は、坂の下宿の手前にある。

　坂は照る照る
　鈴鹿は曇る
　間の土山雨が降る

馬子唄に、こう歌われている通り、麓の坂の下が晴れていても、峠の頂上は曇っているというほど、鈴鹿峠は箱根に次ぐ難所として知られていた。

「そこで、仲間と落ち会うのだな」

「ああ。遅くとも、明日の夕方には御役御免にしてあげるよ」

「ついでに、この世からも御免させるつもりじゃねえのかい」

「まさか」

くくく、とお遊は喉の奥で笑った。

「お遊さん、一つ忘れていることがあるようだな」

「へえ、なんだい」

「坂の下へ行く途中の水口の宿には、番所があるんだぜ」

「……………」

「俺は往来切手を持ってるからいいが、お前さんは、どうする気だ」

街道には、幕府が設けた関所というものがある。

俗に〈入り鉄砲に出女〉といって、江戸府内への武器の持ちこみと、大名の妻娘の江戸脱出を取り締まることを、主な役目としていた。

関所は、全国に七十六ケ所ある。

東海道で言えば、箱根の関と新井の関の二ケ所だ。

町人がここを通るには、在所の大家が本人であることを証明した関所手形が必要である。

それも原則として、一つの関所について一枚ずつ要るのだ。

しかも、有効期限が区切ってある。

これでは、龍次のように各地を廻る旅商人は不便でしょうがない。

それで、そういう者は、全国の関所に共通の特別な手形を使っていた。

これが、檀那寺が発行する往来切手である。

番所は、各藩が設けた関所のようなもので特産品の不法な持ち出しの摘発などを役目としている。

京都所司代は、主要街道の各藩に、隼組の召し捕りを依頼しているはずだ。

あの岡っ引の死骸が見つかれば、隼組が街道を下っていることがわかるから、なおさらである。

普段なら、さほどうるさくない番所も、今度ばかりは厳しい改めをするだろう……。

「お生憎さま」

お遊は、自分の胸を軽く叩いた。

「西洞院通りの小間物問屋・上総屋の一人娘お遊――っていう道中手形を、持ってるんでね。心配はいらないよ」

「偽物かい」

「訊くまでもないじゃないか」

こともなげな口調で、お遊は言った。

そんなに簡単に偽の手形が造れるとは思えないから、鶴屋襲撃の前から、用意してあったのだろう。

隼組は、ただ残忍なだけではなく、用意周到な面もあるようだ。

「あたしのことを、色々言うけどさぁ」

お遊は、龍次の顔を流し見て、

「龍次さんだって、その若さで卍屋をやってるなんて、妙じゃないか。普通は、いい年の親爺がやるもんだろ。あんたも、叩けば埃の出る軀じゃあないのかい」

「…………」

「まあ、小間物問屋の娘と卍屋ってのは、いいとり合わせだ。番所の連中も、疑わないだろうよ」

卍屋とは、閨房で男女が使用する秘具、媚薬などを専門に扱う小間物屋のことだ。

その名称は、江戸の両国薬研堀にある秘具店〈四目屋〉に由来する。

その屋号のとおり、黒地に白く四個の菱の目を染め抜いたものを商標にしている有名店だ。

強壮勃起持続薬である〈長命丸〉の広告文を見ると――寛永三丙寅年始而江戸表にて売弘申候云々――とあるので、百六十年以上続いている老舗ということになる。

他にも秘具店は幾つもあったが、四目屋があまりにも有名なため、〈四目屋道具〉〈四目屋薬〉というように、その屋号が秘具や媚薬の代名詞になったほどだ。

扱っている商品が商品なので、普通の店とは逆に、四目屋は店内をわざと暗くして、行燈の明かりで品物を見せるようにした。

説明するまでもなく、客同士が顔を見えないようにしたのだ。

これを揶揄う川柳に――

四目屋は　得意の顔は　知らぬ也

しかし、秘具媚薬の需要は、江戸府内だけではなく、日本中どこでもある。

いや、地方では娯楽の種類が少ない分だけその需要は江戸よりも切実かも知れない。

　そこで、旅廻りの小間物屋が、副業的に四目屋物を扱ったが、次第に、これを専門とする者が現れた。

　四目屋の商標である四菱紋の縁と仕切りをなぞると、〈卍〉という字になり、業者の間では、これが四目屋物の隠語になっていた。

　それゆえ、旅廻りの秘具専門の行商人を、〈卍屋〉と呼ぶようになったのである。

　普通の行商人と違って、卍屋は声高に呼び売りすることができない。

　そんなことをしたら客は羞かしがって逃げてしまう。

　そのため、菅笠の真ん中に卍の焼き印を押し、宿場の旅籠に部屋をとって、この菅笠を窓の手摺に架ける。

　あとは、黙っていても、客の方から部屋へやって来るのだ。

　お遊は、弁天池の畔に置かれた卍印入りの菅笠と道中差を見て、咄嗟に利用しようと思いついたのだった――。

「一言、注意しとくけどね」

　お遊は懐の匕首に触れて、

「あたしから逃げようとしたら、突っ殺すよっ！」

4

草津の宿の茶屋で、二人は昼食をとった。

江戸から京に至る東海道五十三次の、五十二番目の駅が、この草津である。京から下れば、大津に次いで二番目の駅ということになる。

さらに、中仙道と伊勢路との合流点でもあった。

ここには膳所藩の貫目改所があったが、龍次とお遊は、見咎められることなく、通過することができた。

「役人なんて盆暗ばっかりさ」

草津の宿を少し離れたところで、お遊はせせら笑った。

竹杖をつきながら歩く足どりは、しっかりしている。

女にしては健脚なのは、やはり商売柄というものか。

「はいはい左様でございます、と頭を下げてりゃあ、それで済んじまうんだから。あんな阿呆どもじゃ、百年かけても隼組を捕まえることなんかできゃしないよ」

必要以上に饒舌なのは、やはり、貫目改所を通過して安心したためであろう。

「お遊さん、幾つになる」と龍次。

ふん、とお遊は鼻を鳴らして、

「若い女に年齢(とし)を訊くとは、あんたも顔に似合わぬ野暮天(やぼてん)だねえ。まあ、いいや。今年で十八さ」

龍次が捜し求めている幻の女〈おゆう〉も生きていれば、今年で十八歳だ。

八年前に会った時のおゆうは、大きな目をした、人形のように顔立ちの整った美少女であった。

このお遊も、記憶にある少女の顔に似ている。

ただ、成長期の八年間の変化を考えると、自信を持って断定することはできない。

八年という歳月は、顔立ちばかりではなく生き方を変えるのにも十分な長さである。

結婚していてもおかしくないし、宿場女郎に墜(お)ちていることもあり得る。

女賊(じょぞく)になっている可能性もあるわけだ。

それも、赤ん坊まで殺すという、血も涙もない獣物(けだもの)のような凶賊に……。

龍次の胸の奥に、苦いものが湧き出した。

「江戸者だな」

「そうらしいよ」

女は妙な言い方をした。

「蓮華堂(れんげどう)――って覚えちゃいないか」

「龍次さん……」

お遊は、ゆっくりと龍次の方を見た。

「お前さん、何が言いたいのだい。遠回しにじらすのは止めて、はっきりお言いよっ」

龍次は周囲に目を配った。

小柿村(おがきむら)を抜けたあたりで、街道の両側に人家はない。

半町――五十メートルほど先に、馬を引いた馬子(まご)が歩いている。

後方の、かなり遠くに、主従らしい町人の二人連れがいた。

どちらも会話を聞かれる距離ではない。

「――俺は、一人の女をさがしている」

「許嫁(いいなずけ)かい」

「それ以上だ」

「………」

「名は、おゆう。年齢は十八。八年前に、江戸の蓮華堂という所で、たった一度だけ会った娘だ。その時、おゆうは……」

龍次は、道中差の鍔に下げた女雛の土鈴を鳴らしてみせた。

「こいつを、俺にくれた。そして本人は、これと対になった男雛の鈴を持っているはずだ。もし、お前さんが…」

突然、お遊は、けらけらと笑い出した。

驚いたように、馬子が振り向く。

「何が可笑しい」

むっとした表情で、龍次は言った。

「残念だったねえ。あたしに、そんな話をしても無駄ってもんだ」

「人違いだというのかい」

「さあね。そうかも知れないし、そうじゃないかも知れない。あたしにゃ、わからないよ」

「わからない……？　忘れたとでも言うつもりか」

「そうだよ」

笑いを消して、お遊は投げ遣りな口調で言った。

「あたしゃ、十一歳よりも前のことは、何一つ覚えちゃいないんだ」

5

龍次は、孤児である。

江戸の下谷で小間物屋をやっていた両親は明和の大火の最中、彼を逃がすために焼死した。

当時三歳の龍次は、遠縁の棒手振り一家に引きとられた。

極貧の中、義父母に虐待されながらも、龍次は美しい少年に成長した。

彼が十歳になった時、十両の支度金で、日本橋の材木問屋に奉公しないか、という申し出があった。

義父母は狂喜して承諾し、龍次を店の番頭と称する男に渡した。

が、龍次が連れて行かれたのは、材木問屋ではなく、本所のはずれにある香蘭寺という寺院であった。

男は――人買いだったのである。

そこには、〈蓮華堂〉という秘密倶楽部があった。

豪商、隠居した大名、大身の旗本などの主に老人を会員とし、性的能力の減退した彼らのために、十歳前後の子供による背徳的なＳＥＸショーを観せるのである。

龍次は、その性交ショーの出演者として、白羽の矢を立てられたのだった。

蓮華堂には、八歳から十四歳までの子供が十七人、軟禁されていた。

内訳は、少年が四人、少女が十三人である。いずれも、美少年、美少女ぞろいだった。

その彼らが、普通の一対一から少年一・少女二、少年二・少女一３Ｐ、少年二・少女二の乱交、果ては同性同士などのＳＥＸショーを演じる。

会員の老人たちは、それを見物して、下腹部に回春効果が生じると、あてがわれている女とともに個室へ行き、ゆっくりと楽しむというわけだ。

蓮華堂とは、蓮の台に遊ぶような、素晴らしい快楽の殿堂という意味らしい。

ガイウス・スェトニウス・トランクイルスの『ローマ皇帝伝』によれば古代ローマ帝国のティベリウス帝は、カプリ島の別荘に集めた少年少女の乱交を観て、ようやく衰えたものを起立させた――というから、いつの世も権力者が求めるものは同じなのであろう……。

わずか十歳の龍次は、先輩である十三歳の娘に〈筆下ろし〉され、SEXのやり方を教えられた。

そして、舞台に立つことを強要されたのである。

龍次は拒否した。何度も脱走を企てた。

そのため、ひどい折檻をされたり、食事を抜かれたりした。

それでも龍次は、首を縦に振らなかった。

本当なら、ここまで反抗的な子供は、殺されて当然である。

しかし、蓮華堂の幹部たちは、龍次の美貌を惜しんだ。

「あれほどの上玉はなかなか手に入らぬぞ。ただ美しいだけでなく、品がある。要は……あの反抗心をとり除くことだ」

そこで彼らは、悪魔的なアイディアを思いついた。

十歳の少年の幼い男根に、二匹の龍の彫物をしたのだ。

それも、姫様彫りで。

姫様彫りは隠し彫りとも言い、針で皮膚下に特殊な色素を注入する。

普段は見えないが、風呂に入ったり酒を飲んだりして、皮膚の血行が良くなると、色素が発色して図柄が現れるという訳だ。

龍次の化粧彫りは、充血し、男根が勃起すると図柄が見えてくるのである。

「見なよ」と、蓮華堂の幹部の一人が言った。

「この立派な彫物を。佐渡帰り(ドサげえ)だって、こんなのは彫っちゃあいねえぜ。おい、小僧っ！　ここから逃げたところでなあ、もう、お前は真面(まとも)な暮らしはできねえんだよ！　諦めろっ！」

その時、何かが音を立てて砕け、少年は自分の心の一部が壊死(えし)したのを感じた。

翌日の夜、龍次は初めて舞台に出た。

幼い美少年の薄桃色のそれに、龍の彫物がしてあるという猟奇性に、会員たちは興奮した。

龍次は、淫靡(いんび)で背徳的な性交ショーの花形になったのである。

早すぎる初体験のためか、連日の刺激のせいか、化粧彫りの副作用か、龍次の男根は驚異的な成長を遂げた。

特に、玉冠部(ぎょくかんぶ)の発達が著(いちじる)しい。

美貌と年齢に反して、アンバランスなほど逞(たくま)しい巨根に、ますます人気が出た。

ＳＥＸの技術にも、磨きがかかった。

龍次は、その性技と巨根を駆使して、幹部たちの言うがままに、黙々と舞台をこなして行ったのである。

少年は、いつも無表情だった。

父も母も、この世の人ではない。親戚は自分を十両で売った。

この軀には、奇怪な彫物を入れられて、老人相手の醜悪な観世物になっている……………。

なんの希望も夢もない人生であった。

――寺院の敷地内から一歩も外に出られぬ長い日々が過ぎ、龍次は十三歳になった。

蓮華堂の少年少女の年齢の上限は、十四歳である。

十五歳になった者は、別の秘密組織に売り飛ばされるらしい。

それについての怖れも不安も、龍次にはなかった。自分は、すでに死んだも同然の人間なのだ――と、龍次は常に考えていたのである。

そんな春の夜、控え室で、龍次は一人の少女に引き会わされた………。

「――それが、〈おゆう〉さんかい？」

「ああ……」

龍次とお遊がいるのは、目川村の一里塚の中であった。

一里塚とは、慶長九年に幕府の命令によって、主要な街道に一里毎に設けられた石の道標である。

塚には、江戸の日本橋からの距離が記されていた。

そして、旅人が雨や陽光を避けて休めるようにと、原則として榎が植えられていたのである。

この目川村の一里塚に植えられているのは珍しく椋の木だった。

その大木の下の、日蔭になった所に、二人は腰を下ろしていた。

街道の向かい側にも一里塚があり、その前は高札場になっている。

「その時、おゆうは十歳だった」龍次は話を続けた。

――蓮華堂の幹部が言った。

「この娘が、今夜のお前の相方だぜ。勿論、まだ生娘だ。仲良くするんだな。こいつには大した元手がかかってるんだから……」

龍次は、半ば呆然としながら、その声を聞いていた。

彼は目の前の少女に見とれていたのである。

切り下げ髪が、黒々と絹のような光沢を放っていた。

骨細の体格である。白羽二重（しろはぶたえ）の小袖を着せられていた。

肌は雪白（ゆきじろ）で、雀斑（そばかす）ひとつない。

顎が小さく、ふっくらとした唇から覗く歯は、小粒の真珠を並べたようである。

瞳は大きく、目は青みを帯びていた。

まるで、この世に生まれて来たことが何かの間違いではないか、と思えるほど清らかで愛くるしい美少女だった。

（この娘と、舞台で契（ちぎ）るのか……）

砂漠のように乾き切っていた龍次の心の奥に、何か名状しがたい熱いものが湧き出して来た。

その大きな瞳でじっと龍次を見つめたまましばらくの間、少女は無言であった。

やがて、少女は袖（そで）の中から何かをとり出した。

美しく彩色された土鈴である。

男雛と女雛が、対になった物だ。

少女は女雛の土鈴を、龍次の方へ差し出した。

「くれるのかい？」

こくり、と少女は頷いた。

少女は、自分の手に残った男雛の土鈴を、揺する。

ころころころ……と柔らかい音がした。

龍次も受けとった女雛の土鈴を、鳴らしてみる。

対になった二個の土鈴の、デュエットであった。

少女は、微笑した。

龍次も笑みを返した。

「あたし……ゆう、よ」

「おゆうちゃんか。俺は、龍次だ」

そう言いながら、龍次は自分で自分に驚いていた。

ここ何年も、龍次は笑った覚えがない。

いや、十年前に両親を失って以来、彼の顔から微笑みは消えたのだった。

その自分が笑った。

この少女によって、人間らしい感情を呼び戻されたのだ。

そのことが、龍次を驚かせていた。

「お前さんは……」

彼が少女の素性（すじょう）を尋ねようとした時、いきなり、客席の方から怒鳴り声がした。

「手入れだあっ！」

蓮華堂の中は、大変な騒ぎになった。

行燈が吹き消されたため、室内は暗黒で、わずかに庭に降りそそぐ月光だけが、唯一の照明である。

怒鳴り声と同時に、おゆうは龍次に抱きついて来た。

「龍次兄ちゃん！」

が、すぐに誰かに引き剝がされる。

暗闇の混乱の中、少女の鈴の音はどんどん遠去かって行く。

「おゆうっ！」

龍次は闇に向かって叫んだ。

「いやだァ！　お兄ちゃ――んっ！」

かなり離れたところから、おゆうの声が聞こえた。

「今、助けてやる！　俺が、助けてやるぞっ！」

闇の奥に向かって、龍次は叫んだ。

「お兄ちゃ――ん……！」

おゆうは、何処かへ連れ去られた。

それが二人の最初の出逢いであり、最後の別離であった。

寺社奉行と町奉行所の合同部隊の強行突入によって、蓮華堂の組織は、完全に壊滅させられたのである。

以来八年――龍次は片時たりとも、少女との約束を忘れたことはない。

助ける、と言ったことを。

そのため、卍屋になった龍次は、日本全国を廻りながら、おゆうの行方を捜しているのである。

助ける、と言った少女との約束を果たすために。

「へ、泣かせる話じゃないか……」

お遊は、不貞腐（ふてくさ）れたみたいに言った。

「だけど、あたしが、その〈おゆう〉かどうか、わからないよ」

「…………」

「とにかく、あたしの覚えている一番古いことは、雨の中でお頭（かしら）に拾われたことだけさ。その前のことは、なんにも覚えてない」

場所は内藤新宿である。

少女は泥だらけで、後頭部に外傷をおっていた。

頭部を強打したり、非常に強い衝撃を受けたりすると、記憶を喪失することがある。

少女も、それだと思われた。

辛うじて、〈お遊　十一歳〉と読める迷子札を腰に下げていた。

名前と年齢以外に、彼女の素性を証明するものはない。

つまり、お遊の過去は、大いなる空白なのである。

「お頭というのは、隼組の頭目のことだな」

「そうとも」とお遊。

「紅蓮（ぐれん）の四郎兵衛（しろべえ）って、大物さ。あたしは、十一でお頭に拾って貰い、その年に女にされたんだよ。それから、ずっと、あたしはお頭のものさ」

その口調は、誇らしげですらあった。

「お前さん、隼組の頭目の女だったのか。それで、盗人（ぬすっと）のいろはを仕込まれたという訳だな」

「ああ」

お遊は勢い良く立ち上がった。

「さあ、行くよ！」

6

石部の宿を通り抜け、三雲村を過ぎたあたりで、西の空が赤く染まった。

龍次とお遊は、横田川に架かる土橋の手前にある、小さな庚申堂に泊まることにした。

少し無理をすれば水口の宿に着けるし、土橋を渡れば泉村だ。

泉村は立場だから、小さいながら旅籠もある。

が、二人はあえて、古びた庚申堂で眠ることを選んだのだ。

鈴鹿峠を越えて、坂の下の宿で隼組の仲間と合流するまでは、役人による宿改めの可能性のある旅籠に泊まるのは、避けた方が賢明だと判断したのである。

板敷きの床に蠟燭を立てて、灯りとした。

草津の茶屋で買った胡桃餅を齧り、竹筒の水を飲んで、簡単な夕食が終わった。

坂の下の宿までは、約六里。

夜明けとともに出発すれば、午後には着くであろう。

「両手を後ろにまわしなよ」

お遊の言葉に、龍次は眉をひそめた。

「俺は逃げないぜ」

「わかってるさ。あたしが本物の〈おゆう〉かどうか確かめるまでは、離れないというんだろう。だけど、念のためにね」

口調は柔らかだが、目に鋭い針のような光が浮かんでいる。

「………」

龍次は大人しく、両手を背中の方へまわした。

お遊が、細紐(ほそひも)で縛る。

それから手拭いをつかむと、立ち上がって、

「裏の川で、汗と埃を落として来るからね」

庚申堂を出て行った。

一人残された龍次は、後ろ手で座ったまま考えた。

——明日、水口の番所を通過して、坂の下へ着いたら、間違いなく俺は消されるだろう。

が、逃げる訳にはいかない。お遊が、自分の捜している娘かどうか、確認せねばならぬ。

もし、本物の〈おゆう〉であれば、たとえ京都町奉行所を敵にまわしても、彼女を助けなければならないのだ。

その確認の方法が、一つだけある。

しかしお遊はそれを拒むだろう。

若いが、荒事の場数を踏んできた女だ。

匕首を抜いて抵抗されたら、面倒なことになる。

向こうから自発的に、その気にさせなくてはならない。争って、彼女に傷をつけたくないのだ。

そのためには……。

しばらくして、お遊が戻って来た。

「ああ、さっぱりした」

襟がしどけなく開いて、乳房の一部が覗いている。

出て行った時と同じ姿勢のままの龍次を見て、嘲りの微笑を浮かべ、

「お前さんも、粋狂な男だねえ。名前と年しかわからない娘をさがして、六十余州をうろうろ歩き廻るなんて。太く短く好きなことをして生きるっていう紅蓮のお頭に比べたら、婆ァの腐ったような奴だ」

「…………」

「あたしみたいな稼業ならともかく、堅気の女だったら、口が裂けたって『本物のおゆうです』なんて言うもんか。子供の頃、色狂いの爺ィどもの観世物になっていたって、認めるわけないだろ。そしたら、どうするつもりさ」

「確かめる方法があるのさ」

龍次が、気怠げな口調で言った。

「方法だって？　なんだい、そりゃあ？」

お遊は、〈鑑別法〉に強い興味を持ったようであった。

「…………」

「気を持たせるんじゃないよ。早く、お言いっ！」

「そいつの、一番下の引き出しを見てみな」

龍次は風呂敷に包まれた旅簞笥の方へ、顎をしゃくった。

言われた通り、お遊は包みを解いて、行李の引き出しを開いた。

「底に、小豆色の小箱があるだろう」

お遊は、その小箱をとり出した。

開けてみる。真綿の褥に、美しい銀の玉が二つ置かれていた。

鳩の卵ほどの大きさで、片方が、やや小さい。

「これは……？」

「その玉を、女の一番大事なところへ入れると、本物のおゆうかどうか、わかるのさ」

お遊は失笑した。

「何を馬鹿なことを……」

「本当さ。試して見たら、すぐにわかることだが、まあ、お前さんは止(や)めておいた方がいいだろう」

「なんだって！」

女の眦(まなじり)が吊り上がった。兇暴な表情になる。

「そいつを、朱門(しゅもん)の中に入れるほどの度胸はなかろうと言ってるのさ」

「馬鹿にするんじゃないよっ」

お遊は龍次に背を向けて、片膝を立てた。

「入れてやろうじゃないか。その代わり、嘘だったら、その口を匕首で一寸ばかり広げてやるからね」

銀の玉を口に入れ、唾液で濡らしてから、お遊はそれを己(おの)れの秘裂に近づけた。

指で花孔の入り口をさぐり、そこに当てがう。

ぬるり、と二つの玉は内部に滑りこんだ。

「奥まで入れるんだぜ」

龍次が声をかけると、

「わかってるよ！」

尖った声で、お遊は答えた。

指で銀の玉を子宮口まで押しこむ。

そして、着物の前を直しながら振り向き、

「さあ、入れたよ。これで、何がわかるっていうんだい」

「………………」

龍次は無言である。

「なんとか言いなっ！」

立ち上がりかけたお遊が、「っ!?」と動きを止めた。

中腰のまま、信じられないという顔で、

「こ、これは……」

そっと腰を伸ばす。

途端に、「あっ」と小さく叫んで、お遊はその場に踞った。

両膝を固く締め、手で前を押さえる。

「ううう……」

低く呻くお遊の肩が、細かく震えていた。

「──鳴るだろう」

女の醜態を眺めて、龍次は冷たく言った。

「そいつは〈琳の玉〉だ。唐の国から伝わったという秘具でな。少しでも動けば、体内で玉が鳴って、腰が痺れたようになる。どうだい、琳の玉の味は」

「だ、騙しやがったなっ」

「騙すものか。俺に抱かれれば、お前さんが捜している女かどうか、はっきりするんだ。そして、玉もとり出せる。さあ、どうするね」

「馬鹿野郎！」

お遊は、男の目もかまわず、着物の前を開いた。

緋色の腰の物までたくし上げ、濡れた秘裂の中に指を突っこむ。

「く、くそ……とれない……」

確かに指先に触るのだが、花孔の内部が愛液の洪水になっているので、ぬるぬると滑ってとり出せないのだ。

「早く、俺に抱かれることだ。そのままだと男欲しさのあまり、気がふれてしまうかも知れねえぜ」

「うるさい！　あたしの軀は、お頭のものだっ！」

お遊は龍次の頬を蹴りつけた。

龍次の軀は横倒しになる。

隅の方へ行って、お遊は龍次に背を向け、己れの秘孔をまさぐった。

が、やはり、琳の玉をとり出すことはできない。

仕方なく、女は横になった。

動かなければ玉は鳴らない、と考えたのだ。

――琳の玉は、〈鳴鈴〉ともいわれる。

中国の奇書「金瓶梅（きんぺいばい）」では〈勉鈴（べんれい）〉と記され、西門慶（さいもんけい）はこれを用いて、女たちを喜ばせている。

大小二個から成り、大きい方が雄球（おすだま）、小さい方が雌球（めすだま）である。

雌球の内部は空洞だが雄球の中には、重い金属球が入っている。

雄球だけでも妙音を発するし、雄球と雌球が子宮口の前でぶつかれば、さらに美しく鳴り響き、女性に快感を与える。

この快感の秘密は、性器と後門の中間地帯の会陰部にあると思われる。

会陰部の皮膚の下には〈パチニ小体〉という感覚受容器がある。

パチニ小体は、二百サイクルから三百サイクルの振動に対して非常に敏感に反応するのだ。

つまり、琳の玉の妙音がこのパチニ小体に内部伝達して、大いなる快感になるのではないか。

さらに、子宮口から子宮全体に快い振動が伝わることも、快感を高めるのだろう。

男性の玉茎が花孔に挿入され、抽送運動が行われれば、琳の珠との相乗効果によって、女性の快感は倍増するというわけだ。

唐の玄宗皇帝が楊貴妃のために造らせたという、究極の秘具なのである。

「んゥ…………」

お遊は、歯をくいしばって耐えた。

自分の肉体の深部にある二個の銀の玉の存在を無視しようとした。

だが、そう考えれば考えるほど、わずか直径四分の球の異物感は、増大するばかりなのだ。

しかも、ほんのちょっと軀を動かすだけで琳の玉のひそやかな鳴動が、尾骨にまで響くのである。

「くそっ」

ついに、女は軀を起こした。

牝犬(めすいぬ)のように龍次に這いより、その腰に顔をよせる。

頬は紅潮し、目は欲望に潤んでいた。

白い木股(きまた)を乱暴に脱がせた。そして、細い指で下帯の中から、肉茎をつかみ出す。

「す、凄い……」

お遊は喘(あえ)いだ。

まだ柔らかいそれが、普通の男の勃起したものよりも、巨(おお)きかったからである。

清潔な薄桃色の肉塊に、餓鬼(がき)のようにむしゃぶりついた。

龍次を後ろ手に縛ったまま勃起させ、性交しようというのだ。

舌を唇を歯を使って、男根を刺激する。

舐め、咥(くわ)え、しゃぶる。

だが、男の器官にはなんの変化も現れなかった。

お遊は、泣きそうな顔になって、

「どうしたんだよう！　お前さん、役立たずなのかいっ！」

「俺はな」と龍次は静かに言った。

「自分の意思で、好きな時に、それを硬くも柔らかくもできる。蓮華堂で、そう仕込まれたのさ。俺に抱いて欲しければ、この紐を解くことだ」

「嘘だっ、そんなことのできる男がいるもんかい！」

お遊は意地になってもう一度、肉茎を咥えた。

玉柱だけではなく、その下の重い布倶里(ふぐり)にまで舌を這わせ、瑠璃玉を吸う。

技巧の限りを尽くす。

しかし、やはり変化はなかった。

「ちきしょう……」

お遊は顔を上げた。目が狂的にぎらぎらと光っている。

すでに、秘部から溢れ出した蜜液が、太腿(ふともも)の内側や腰布までも濡らしていた。

「立たせなっ。そうじゃないと、こいつを斬り落としちまうよ。お前以外にも、男は幾らでもいるんだからねっ！」

「いいだろう」龍次は、冷たく見返した。「それで一生、琳の玉を朱門の奥に入れたままにしとくんだな。さぞかし、長生きできるだろうよ。気が狂わなければ、だが」

「くゥ……っ」

お遊は唇を噛んだ。

少しの間、迷っていたが、龍次の背中にまわり、縛めを解く。

龍次は胡座をかくと、軽く手首を回して、血行を促した。

「は、早くゥ」

お遊が焦れると、龍次は笑って、

「見な」

男の下腹部に、お遊は視線を落とした。

柔らかく横たわっていたものが、むっくりと頭をもたげた。

どくん、と血管が脈打つや見る見るうちに膨張する。

ただでさえ巨大だったものが、さらに成長し、子供の腕ほどの太さになった。

逞しい。

長さは、並の男の倍以上である。

しかも、薔薇色(ばらいろ)に輝く茎部に二匹の龍が巻きつき、玉冠の中央で向き合っている。

姫様彫りの龍が、姿を現したのだ。

龍の軀が脈動して見えるのは、浮き上がった太い血管の上に図柄が彫ってあるからだ。

「ああ……まるで太閤煙管(たいこうぎせる)みたい……」

余りにも勇壮な巨根に、お遊は呆然(ぼうぜん)とした。

龍次は女の軀を軽々とかかえ、緋色の腰布を剝ぐと自分の膝に跨がらせた。

「その軀、改めさせてもらうぜ」

垂直に天を指す剛根が、お遊の熱く濡れそぼった部分にあてがわれた。

軀を下に下ろす。

みしり、と玉冠が花孔に侵入を開始した。

「ひいィ……っ！」

反射的に、お遊は腰を浮かそうとした。

が、龍次は、それを許さず、深々と貫く。女は絶叫した。

龍次は、美しい女賊の肉体を、情け容赦なく責める。責めて責めて、責めまくる。

お遊は哭いた。

快感のためか、苦痛のためか、自分でも判断がつかなくなっていた。

狭い花孔に挿入したまま、龍次は女の躯を後ろ向きにした。

膝で立つ。

自然と、お遊は四ん這いの姿勢になった。

白く引き締まった双丘をかかえて、龍次は最後の責めに入った。

律動を速める。

「あ、ああ……あァ——っ！」

嵐に揺れる果実のように、お遊は、がくがくと首を振った。

龍次は女の帯や腰紐を解く。

「抱けば本物の〈おゆう〉かどうかわかる、と言ったのは嘘じゃねえよ」

ぴしゃり、ぴしゃり、と小気味の良い音を立てて女の豊かな臀に引き締まった下腹を打ちつけながら、龍次は言った。

「この最後の切り札があるからこそ、俺は一度逢っただけの女を、八年間も捜し続けて来られたんだ……」

その切り札とは——すなわち、背中に化粧彫りされた鳳凰の画である。

龍次と同じように、おゆうもまた、彫物をされていたのだ。

龍次の人気が高いので、蓮華堂の幹部たちは、対の相手をつくれば、もっと受けると考えたのである。

双龍根の美少年が、花よりも美しい少女の裸身を抱く。

十歳の少女が絶頂に達すると、その白い背中に、双翼を広げた鳳凰の画が浮かび出る……。最高の観世物であった。

龍次は、前もって、その彫物の画を見せられている。

その時は、人間の考えることではない、と思った。

が、今になって見れば、それは貴重な証拠であった。いくら日本が広くとも、背中に鳳凰の化粧彫りをした十八歳の美しい娘が、二人といようとは思われない。

たとえ名前を変えていても、相手が否定しても、抱いて女悦の極みに押し上げてやれば、わかるのだ。

ここ二年間で、十数名もの〈おゆう〉を抱いて来たが、背中に鳳凰の彫物をした娘はいなかった。

今、十一歳以前の記憶が空白になっているという女賊のお遊が、本物かどうか、明らかになろうとしている。

「――っ!!」

ついに、お遊は絶頂をむかえ、仰け反った。

女の肉襞が龍次の双龍根を、強烈に締めつける。

彼も、大量に放った。

同時に、着物や肌襦袢を頭の方へ、まくり上げた。

「……うっ!!」

龍次の喉の奥から、異様な呻き声が洩れた。

彼は見た。お遊の背中一面に、黒々とした鴉の画があるのを。

7

水口宿、土山宿と過ぎて、山中村を通り抜けると、いよいよ鈴鹿峠の登り坂となる。

八町、二十七折、標高三七八メートルの、箱根の峠に次ぐ難所である。

この峠を越えて下ると、坂の中腹に隼組の一味が待つ坂の下の宿があるのだ。

水口の番所は、無事に通過できた。

憔悴したお遊が、「江戸で病気になった父の看病に行きます。母と番頭は、店を見なければいけないので」と言うと、番所の役人は同情する顔になったものである。

お遊が疲れ切っているのは、徹夜で龍次に責められたからだ。

琳の玉をとり出した後も、何度も何度も双龍根に貫かれ、綿のようにくたびれ果てたのである。

昨夜の蜜のような媾合を思い出してか、お遊は時折、愛憎の入り混じった複雑な視線を龍次に向けた。

龍次の方も、焦りのために、目を血走らせている。

未だかつて、予想もしていなかった事態に、遭遇したのだ。

八咫烏のお遊――それが、彼女の渡世名である。

勿論、その由来は、背中いっぱいに彫った鴉の彫物だ。

隼組の頭目である紅蓮の四郎兵衛が、お遊が十二歳になった時に彫らせたのだという。『古事記』によれば、神武天皇の軍が熊野で道に迷った時、天照大神が高天原から一羽の大きな鴉を遣わし、道案内をさせたという。

この頭部が八寸もある二本脚の大鴉が、八咫烏である。

これが他の図柄であれば、姫様彫りの鳳凰を透かし見ることも、可能であろう。

しかし、背中のほとんどが黒く塗り潰されたようになっているので、その下に別の彫物があるかどうか、確認できないのだ。

それでも、龍次は諦め切れずに、何か変化が起こるのではないか、と繰り返しお遊を抱いたのである。

結果は——無駄であった。

こうなったら、紅蓮の四郎兵衛に会うしかなかった。

会って、何故、お遊の背中に、こんな彫物をしたのか、理由を問いただすのだ。

ひょっとすると、鳳凰の彫物を隠すためかも知れない。

問題は、四郎兵衛が素直に話してくれるかどうかだ……。

九十九(つづら)折りの坂を登って行くと、灰色の空から、しとしとと雨が降って来た。

絹糸を散らしたような霧雨である。

龍次は、渋柿色の袖合羽(そでがっぱ)を出して、疲労の激しいお遊に着せた。

二人は黙々と歩く。

道は嶮岨(けんそ)の一言に尽きた。

両側の斜面には、天を突く巨木が立ち並び、晴天の時でさえ薄暗いという。

「…………！」

龍次は立ち止まった。

馬杉の土橋を越えてもう一息で頂上というあたりだ。

前方に、三つの人影が立っているのを見たのである。

三人とも、堅気の商人風の旅姿をしていた。

「お、お頭っ！」

お遊が叫んだ。

もどかしげに竹杖（たけづえ）を突きながら、走り出す。

中央の大柄な男に、ぶつかるようにして抱きついた。

「お遊、ご苦労だったなあ」

錆（さ）びたような声で男が言った。

隼組の頭目・紅蓮の四郎兵衛であろう。五十歳近い。

龍次は菅笠の紐を解いた。

「ご苦労だなんて、水くさい。それよりも、あの野郎をぶっ殺しておくれ！　役人の目をごまかすために道連れにしたら、あたしに手を出そうとしやがったんだっ！」

「何ィ……」

菅笠の下で、四郎兵衛の太い眉が、ぴくりと動いた。

女の軀を脇にのけて、すらりと道中差を抜く。

龍次は、斜面から彼の背後に、四人目の男が下りてきたのを知った。

これで凶盗・隼組の五人が、勢揃いしたのである。

「若いの、覚悟しな」

抜き身を下げた四郎兵衛が、言った。

お遊は残酷な期待に、目を輝かせていた。

龍次は無言で、左手を道中差の鍔(つば)にかけている。

四郎兵衛が一歩、前に出た。

次の瞬間、彼は振り向きざま、斜め後ろにいたお遊を袈裟(けさ)がけに斬り捨てた。

「っ!!」

信じられない、という表情のまま、お遊は朽(く)ち木のように泥の中に倒れた。

「何をしやがるっ！」

龍次が叫んだ。

四郎兵衛は、手下が拾い上げたお遊の竹杖を受け取り、

「何をするだと？　この阿魔は、もう用済みだから、始末したまでさ」

竹杖をねじって、二つに割る。

中から黄金製の煙管が出て来た。

京の鶴屋から奪われた太閤煙管だ。

殺された岡っ引は、この細工に気づいて、お遊を尾行したのであろう。

「鶴屋の丁稚が、一人だけ息を吹き返しやがってな。昼間、下見に行かせたお遊の顔を覚えていて、人相書きまで作りやがった。そいつが、ついさっき、坂の下の宿に届けられたのよ」

「…………」

龍次は、水口と土山の宿の間で、早馬に追い抜かれたのを思い出した。

「だから、お遊に坂の下まで来られちゃまずいんで、ここで待ち伏せしたってわけさ」

「お、お頭……」

泥に汚れた顔をもたげて、お遊は呻いた。

「うるせえな。さっさと、くたばりやがれ」

四郎兵衛は、お遊の顔を蹴った。
女は仰向けに転がる。傷口から血が飛び散った。
「てめえっ！」
龍次は風呂敷包みを放り出し、菅笠を捨てた。
背後の奴が、斬りかかって来た。
左に躱しながら、抜刀する。
男は、龍次の右側を走り抜けた。
数メートル先で脇腹が割れ、臓物がこぼれる。
すれ違いざまに斬られたのだ。
「や、野郎っ！」
四郎兵衛以外の二人が、駆け出した。
大上段に刀を振りかぶって、突進して来る。
龍次は右へ跳んだ。
急な下り坂を駆け下りて来たので、二人は咄嗟に方向転換ができない。
龍次は、一人目の頸部を真横から切断した。
倒れたそいつを踏み越え、二人目の心臓を片手突きで貫く。

硬直したようになった男の軀を蹴り倒し、道中差を引き抜いた。

「ただの鼠じゃあねえな……名を聞こうか」

ゆっくりと、四郎兵衛が近づいて来た。

「卍屋の龍次」低く、答えた。

「ぶった斬る前に、お前さんに聞いておくことがある」

「なんでえ」

「闇の中で、お遊さんの背中に鳳凰の彫物が浮かび上がったことは、なかったかい」

「ああ？　闇の中というと、姫様彫りのことか。お遊に女悦の味を教えこんだのは俺だが、そんなものは見たことがねえよ」

「じゃあ、なぜ、あんな八咫烏の彫物を」

四郎兵衛は、豪快に肩を揺すって、

「はっはっは。ありゃあ、お前、お遊の両親の供養のためさ」

「供養……」

「ああ。昔、青梅街道を歩いていたら、信濃の山奥から初めて江戸へ出るっていう、子連れの夫婦者と一緒になってな。和田村の近くで、街道に人がいなくなったのを機会に、金を取って二人とも叩き斬り、崖の下に蹴落としたのよ。子供の方もな。そして内藤新宿の手前で、ひょいと後ろを見たら、なんと死んだはずの子供が、泥だらけでついて来るじゃねえか。さすがの俺様も、驚いたぜ」

「お前が……お遊さんの両親を殺したのか」

龍次の瞳が、殺気を帯びて窄(すぼ)まった。

「そうよ。お遊は頭の怪我のせいか、自分の名前も忘れてるし、良く見りゃ可愛い顔立ちをしてるんで、情婦(いろ)にしたのさ。二親(ふたおや)は、とっくに鴉の餌食(えじき)だ。それの供養に八咫烏を彫ったまでよ。ああ、そう言えば、お遊の親爺たちを斬った日も、こんな霧雨だったたっけ」

「人でなしめ……」

歯の間から押し出すように、龍次は言った。

「へへ。これで気がすんだか。じゃあ、死んでもらおうかい…」

言い終わるよりも早く、四郎兵衛は爪先で泥を蹴り上げた。

泥の塊が、龍次の顔面に飛ぶ。同時に、四郎兵衛の刀が水平に走った。

「う……っ！」

四郎兵衛は大きく両眼を見開いた。

その目と目の間に、白刃が生えていた。
龍次の道中差が、盗人の頭部を縦に断ち割ったのである。
龍次は刀を引いた。
傷口から、血と脳漿がこぼれ落ちる。
紅蓮の四郎兵衛は、そのまま俯せに倒れた。
納刀して、龍次はお遊に近づき、抱き起こした。
まだ、かすかに息がある。何か、呟いていた。
龍次は、女の口に耳をよせた。
「……お……かぁ……お父……寒いよ……」
か細い声で、それだけ呟くと、がくん、と頭が垂れた。
もう動かない。死の寸前に、お遊は十一歳の時の記憶をとり戻したのであろう。
両親が殺害された時の記憶を。
冷たい雨の中で、不幸な女の軀は、それよりも冷たくなってゆく。
「――――」
泥まみれのお遊の亡骸を抱いて、龍次は、いつまでも雨の中に踞っていた……。

道中ノ四　姫街道・第四の女

1

龍次が、その話を聞いたのは、今切の渡し場だった。

「——何しろ、村でも評判の器量良し四人が四人とも、掻き消すように、居なくなっちまったんですからねえ」

「一遍にですか」

「ええ。昨日の夜のうちに、いつの間にか、家の中から消えていたんです」

「そいつは、神隠しでは？」

「村の連中も、そう言ってますよ。これは、赤地蔵の祟りじゃないかってね」

東海道五十三次の第三十番目の宿駅が、遠江国の舞坂である。

江戸からの距離は、六十七里三十丁——約二百七十一キロ。

次の宿駅は新居だが、途中に幅四キロの入海がある。

元は陸地だったのが、明応八年――西暦一四九九年の大地震で陥没し、浜名湖と遠州灘が繋がってしまったのである。

したがって旅人たちは、この間を渡し船を利用するのだ。

渡し賃は一人、十八文。荷物一駄が、五十三文。

一艘を丸々借り切ると、四百十七文だ。

向う岸に着くまで二時間ほどかかる。

渡し船の最終便は申の上刻――午後四時。

石畳の敷いてある渡し場の茶店で、数名の旅人たちは、その最終便を待っていた。

そして、その中の反物商人が、神隠しの話題を持ち出したのである。

どこにも必ず一人はいる話好きの四十男で、皆も格好の暇潰しができると、熱心に耳を傾けている。

龍次は、その一同から離れた縁台に、一人で腰を下ろし、皆に背を向けて遠州灘を眺めていた。

沖の方は、やや風があると見えて、波頭が白く砕けている。

今年で二十一歳の龍次は、女と見間違うほどに美しい若者であった。

旅商人なのに、日焼けしておらず、色白である。

月代は剃らずに、前髪を左右に分け、左の房は長く頬まで垂らし、右の房は眉にかかっていた。

眉は、小筆で描いたように細く、一直線に伸びて、涼やかだ。

目は切れ長で、睫が長い。

鼻筋がすきっと通り、品の良い形の唇には甘さが漂っている。

細面で、顎は小さくすっきりしている。

役者にしたいような美い男――という褒め言葉があるが、この卍屋龍次は、並の役者や女形が束になっても叶わないほどの、美形であった。

ただ……蒼みを帯びた目に、深い憂いの色がある。

その翳りが、稚児もどきの美貌に、ある種の凄みを与えていた。

容姿は端麗だが、女々しい感じは全くない。

「その赤地蔵って、なんだね」

「笹尾村では、何か悪いことが起きると、村外れにある地蔵の所為にしてしまうんだそうで。私も見附宿で、笹尾村から来た人に聞いただけなんで、詳しいことは知りませんがね」

中年の反物商人は言った。

「笹尾村といえば、この前の飢饉（ききん）の時に、あの仏（ほとけ）の八兵衛（はちべえ）さんが……」

「ええ、そうですよ」

この前の飢饉とは、天明の大飢饉のことである。

一七八〇年代は、世界的に火山活動が盛んで異常気象が地球を覆った時代であったが、日本でも天明二年――西暦一七八二年に冷夏が始まり、翌年天明三年には信州の浅間山が大噴火を起こした。

火山灰は東北地方を包みこみ、冷夏と相まって、大凶作となったのである。

飢饉は天明七年まで続き、餓死者や疫死（えきし）した者は、奥州だけで百万人ともいわれている。

種籾（たねもみ）はおろか、山野の草木までも喰（く）い尽くした百姓は、ついに人肉喰いに走り、己（おの）れの父母や子までも啖（く）らう地獄絵図が、あちこちに見られた。

これほどの飢饉であっても、支配者である武士階級には一人の餓死者も出なかったことは、言うまでもない。

中部地方でも、東北ほどではないが、やはり凶作になり、笹尾村と近隣の村々でも一揆か逃散かという瀬戸際に追い込まれた。

それを、笹尾村庄屋の大鳥八兵衛が私財の全てを投げうって年貢を支払い、村人たちを救ったのである。

以来、村人たちは、彼を〈仏の八兵衛〉と呼んでいるのだ。

「――で、居なくなった娘たちは、みんな別嬪なのかい」

百姓らしい老爺が、好色そうな笑いを見せて、訊く。

「そりゃあ、もう、あなた」

反物商人は、芝居っ気たっぷりの仕草で手を振って、

「まず一人目は、十六歳のお雪。百姓娘ながら、名前の通り色白でね。頬がふっくらして舂き立ての餅みたいだ。二人目は、十五歳のお峰。軀は小さいが、目がぱっちりとして雛人形みたいに可愛い」

「ほほう」

「次は最年長、十九歳のお藤だ。親爺が頑固で、嫁に行き損なってる。娘というには、ちょいと年をくってるが、すっきりと背が高くきりっとした顔立ちで、切れ長の目元に凄いほどの艶気がある」

「まるで、見て来たようだねえ」

どっと笑いが起きた。

「最後の四人目。これが大変だ。十八歳の庄屋の娘。清楚で典雅で、どこぞのお姫様のような美しさ。腰はなよやか、柳腰(やなぎごし)。江戸の水で磨いた肌は、絹の滑らかさ。その黒くて大きい瞳で、じっと見つめられると、八十の爺(じい)さんでも思わず、腰がしゃっきりするというくらいで……」

「まるで惚(ほ)れ薬(ぐすり)のような娘じゃのう」

一同は、また、どっと沸いた。

「して、その娘の、お名前は！」

誰かが間(あい)の手を入れる。

反物商人も調子に乗って、声を張り上げ、

「名前もやさしいお優(ゆう)ちゃん、と来たもんだっ！」

突然、龍次は立ち上がった。

ころ――ん、と道中差(どうちゅうざし)の鍔(つば)に下げた土鈴(どれい)が鳴った。

何事か、と一同は話を止め、この長身痩躯(そうく)の若者を見つめる。

「お尋ねします」

龍次は、反物商人に向かって小腰をかがめ低く問うた。

「その神隠しがあったのは、本坂（ほんさか）街道の三ケ日宿（みっかびじゅく）近くの、笹尾村でございますね」

「は、はい」

反物商人が、目を白黒させて頷き、

「それが、どうか……」

男が、そう言った時には、すでに龍次は荷物を背負い、代金を置いて茶屋を出ていた。

そして浜松の方へ、風のような速さで歩き去る。

「なんだね、あの若いのは」

船待ちの一同は、呆気（あっけ）にとられた。

「お優って名前を聞いて、顔色が変わったようだったよ」

「いい男だったねえ……」

「見れば。旅廻りの行商人のようだけど」

「あの菅笠（すげがさ）の焼き印に、気づきませんでしたか。あれは――卍屋ですよ」

2

寛政二年――西暦一七九〇年、陰暦八月の初頭。

十一代将軍・徳川家斉（いえなり）の治世である。

賄賂政治の元凶といわれた老中・田沼主殿頭意次（たぬまとのものかみおきつぐ）は、四年前に失脚した。

翌天明七年に、御三卿・田安家の出身で白河（しらかわ）藩主の松平越中守（えっちゅうのかみ）定信（さだのぶ）が、老中職に就いている。

破産寸前の幕府経済を、重商主義で立て直そうとした田沼時代には、享楽的な庶民文化が大いに栄えていた。

だが、農本主義と身分制度の徹底を柱とする超保守派の松平定信の寛政の改革は、次第に人々の生活を圧迫して行った。

たとえば、昨年の三月には、奢侈（しゃし）禁止令が出され、華美な着物や贅沢な料理などが禁止された。

さらに今年の五月には、朱子学以外の学問を潰す〈異学の禁〉を行い、出版取締令を出して、思想統制を強固にしようとしている。

家柄を武器に、老中首座に伸し上がった定信は、勤倹尚武を政治理念とした。彼自身、清廉禁欲の生活を心がけ、それを他人にも庶民にも、強引に押しつけた。

何しろ、将軍家斉に対して、ＳＥＸの回数を減らすように進言したほどの男である。

彼の狂信的ともいえる民衆圧迫政策は、江戸府内にとどまらず、徐々に地方にも浸透しつつあった……。

卍屋龍次は、浜松宿を通り抜けて、見附宿に入り、左へ曲がった。

ここから、浜名湖の北を大きく迂回して、東海道御油宿に出る十五里の脇街道を、本坂街道と呼ぶ。

俗称、姫街道。

その由来は、舞坂――新居間の今切の渡しが〈縁切れ〉を連想させるため、昔から、女の旅人が本坂街道を利用することが多かったから、という。

また、泳ぎのできる女性は非常に少ないから、川ならともかく、海で船に乗ることを怖れて、遠回りでも陸路を行ったのであろう。

新居の関の女改めが、非常に厳しかったのも、理由の一つかも知れない。

姫街道の途中の宿場は、気賀(けが)・三ケ日・嵩山(すせ)の三つ。

見附から気賀までが七里、気賀から三ケ日までが二里だから、合計三十六キロだ。

龍次は、その三ケ日宿の先の笹尾村へ、行こうというのである。

普通の人間の一日の歩行距離は、頑張っても十里が限度である。

女や足弱の者ならば、その半分が、いいところだろう。

だが、龍次のような旅稼業の者は、一日十五里――六十キロを平均にしていた。

足腰の鍛え方、歩行の速さが、常人とは違うのである。

基本は、やや前屈姿勢で、踵(かかと)を浮かせ気味にして足を進めるのだ。

それに、無闇に休憩をとったり、水を飲んだりはしない。

最速の者は、沼津から江戸までを一日で歩いた。約三十里――百二十キロはあるから、驚異的だ。

さらに、鍛え抜かれた忍びの者は、一夜で十五里を走り抜くという……。

見附宿を通ったのが申の中刻(ちゅうこく)だから、あと一時間半もすれば、日が落ちるだろう。

山々は、初秋の色に染まっている。

姫街道という名前とは裏腹に、道は険阻であった。

夜の山道を、三十数キロも歩くというのは正気の沙汰ではない。

が、龍次は行かねばならなかった。

笹尾村で神隠しに会った、お優という娘の安否を確かめるために。

卍屋龍次は、八年前に、ただ一度だけ会った〈おゆう〉という娘をさがすために、全国を旅している。

おゆうに関する手がかりは、少ない。

生きていれば、今年で十八歳。

美しい娘に成長しているはずだ。

十歳の時には、江戸にいた。

――確実なのは、この三つだけである。

行方不明のお優は、この三つの条件に当てはまるのだ。

あと一つ、龍次が本人に会えば確認できる絶対の証拠がある。

とにかく、笹尾村へ行って本人を捜し出すことだ。

見附から三里の萱場村に辿りつく前に、日没となった。

携帯用の小田原提灯を出して、灯を入れた。

村の中ですれ違った中年の百姓が、

「夜旅かね」

驚いたように声をかけたが、返事もせずに龍次は通り過ぎる。

百姓は、天狗でも見たのかと思って、ぞっとした。

味方原――三方ケ原とも書く――を抜け、松並木の道を行くと、前山村である。

その次が、長坂村。

長坂村を過ぎると、すぐに浜名湖に注ぐ都田川にぶつかる。

ここの橋を渡ると、気賀宿だ。龍次は、小田原提灯の灯を吹き消した。

気賀宿には、関所がある。今、時刻は、午後九時半頃だろう。

関所の通行は、明け方から暮六つ――午後六時までだから、門は閉じられていた。

龍次は都田川に沿って、上流の方へ進んだ。

星明かりだけが、頼りである。

山の中に、薪取りに使っているらしい小道が見つかった。

その小道を通って、気賀宿の背後を抜ける。

関所破りは、重罪だ。最高刑は磔（はりつけ）である。

が、そんなことは、龍次にとっては、どうでも良いことであった。

おゆうに逢えなければ、彼は生きている意味がないのである。

しばらく山の中を行ってから、街道に戻った。

ただし、関所破りをした以上は、提灯を使えないから、やはり星明かりで歩く。

道は上り坂になっていた。

引佐峠（いなさとうげ）である。

珍しく、石畳が敷いてあった。提灯無しの夜旅をしている者には、大変に有難い。

頂上で一休みして、見附宿で買った薩摩芋の蒸切干（むしきりぼし）を噛（かじ）り、木製水筒の水を飲む。

薩摩芋は俗称で、本当は甘藷（かんしょ）という。中国からの伝来作物だ。

救荒作物として、幕府が栽培を推励したものであり、最近は、江戸府内には焼き芋屋が出ている。

旅の携帯食として、干芋は便利だ。

龍次は諸肌（もろはだ）脱いで、丁寧に汗を拭った。

三ケ日宿までは、あと一里。

草鞋の紐を確認してから、立ち上がった。五分と座ってはいない。

引佐峠を下る。ここには、〈象鳴き坂〉という名前がついている。

享保十四年——西暦一七二九年に、八代将軍吉宗に献上するため、安南国から来た象が長崎から江戸まで運ばれた時、この坂を通ったのだろう。

右手の木立の間から、遠くで、月光に白く光って見えるのは、浜名湖である。

坂を下り切ったところが、駒場村だ。

その村を通り抜けると、ほどなく三ケ日宿が見えて来た。

宿場の左手の湖は、浜名湖に連接した猪鼻湖である。

三ケ日宿を抜けて土橋を二つ渡ると、右へ入る支道がある。

掛川宿から御油宿へ向かう鳳来寺道に、新城という宿場があり、そこへ通じる道だ。

途中には瓜峠という難所があるが、笹尾村は、その峠の手前だという。

時刻は、もう午前零時に近いはずだ。

深い椿林の中の支道を、龍次は黙々と歩く。

この林を抜ければ、笹尾村が見えるはずだ。

昨夜、美しい娘ばかり四人が同時に消失した——という。

神隠し、などということを、龍次は信じていない。

この世には、神も仏もない。極楽も信じない。

もし、地獄が存在するとしたら、この世界そのものが、本当の地獄であった。

「！」

不意に、龍次は足を止めた。

夜気の中に、かすかに煙の匂いが含まれているのに気づいたからである。

「動くなっ」

左手の闇の中から、声がかかった。

龍次は静止したままだ。

下生えをかき分けて、口径十八・七ミリの火縄銃を構えた男が出て来た。

龍次が気づいたのは、この火縄が燃える匂いだったのだ。

猟師らしい男は、龍次を睨みつけて、吐き捨てるように言った。

「見つけたぞ！　この外道の人殺しめっ！」

3

「この野郎！」

「いい加減に、白状するだっ」

「人でなしめっ！」

笹尾村の広場で、篝火に照らされて、凄絶な私刑が行われていた。

屈強な村の若者たちが、龍次を殴り、蹴り、棒で打ちのめしているのだ。

荷物も道中差もとり上げられ、後ろ手に縛られているので、龍次は全く抵抗できない。

躯を丸めて、なんとか急所への攻撃だけは外しているものの、すでに彼の端麗な顔は、血で汚れていた。

庄屋の下男で佐久蔵という大男が、龍次の躯を軽々と担ぎ上げ、背中から地面に叩きつける。

激痛と衝撃で、龍次は目の前が暗くなった。

村人たちは輪になって、この蛮行を見物していた。

誰の目にも、ぎらぎらとした憎悪の光が浮かんでいる。

「強情な奴だっ」

若者の一人が、倒れている龍次の髻(もとどり)をつかみ、顔をねじ向けて、

「見ろ、これを！　仏(ほとけ)を前にしても、自分がやったんじゃねえと、言い張るつもりかいっ！」

広場に筵(むしろ)が敷かれて、そこに三つの死骸が寝かされていた。

三人とも、若い女である。

神隠しにあった十六歳のお雪、十五歳のお峰、十九歳のお藤の三人であった。

死骸が発見されたのは、今日の夕方である。

お雪は、河原で。お峰は、雑木林の中で。お藤は、用水路の草叢(くさむら)の中で見つかった。

着ている物は、失踪時のままであった。

だが、美しかった顔は、苦悶(くもん)に歪(ゆが)み、両手両足は勝手な方向へ投げ出されている。

局部は剝(む)き出しで、そこになんと、木の杭(くい)が突き立てられていた。

下半身も着物も、蘇芳(すおう)の汁をぶち撒けたように、血まみれだ。

三人が三人とも、そのように女として最も無残な姿だった。

その猟奇的な死骸を見て、村人たちは震え上がった。

この三人は何か赤地蔵を怒らせるようなことをしたのだ、これこそ赤地蔵の祟りだと、恐怖のあまり泣き出す老婆もいたほどである。

しかし、お峰の許婚だった友吉は、納得しなかった。

「祟りなら、雷を落とすなり、山崩れでも起こしゃいいでねえか。なんで石の地蔵が、女の大事なところに、杭を突っこんだりするじゃ。これは、人間の仕業に決まっとる。俺は意地でも、お峰を殺した奴を、見つけてやるぞ！」

彼は得意の鉄砲を持ち出して、何人かの同調者と一緒に、付近の捜索を始めた。

村の者も、それを手伝うことにした。

どちらにしても、行方不明の四人のうち、庄屋・大鳥八兵衛の娘のお優が、まだ見つかっていないのである。

生きているものか、それとも、他の三人と同じように、無残な骸と化しているのか。

村中、総出の探索が行われた。

そして、深夜まで諦めずに捜索していた友吉が、椿林の中で、見知らぬ他所者を発見したのである。

　それが、卍屋龍次だった。

　村人たちは、彼を娘殺しの犯人と決めつけ、お優の所在を白状させるために、よってたかって袋叩きにしたのだ――。

「私は……」

　龍次は、くいしばった歯の間から、押し出すように言った。

「人殺しじゃありません。ただの卍屋です」

　卍屋とは――閨房で男女が使用する秘具、媚薬などを専門的に扱う、小間物屋のことである。

　その名称は、江戸の両国薬研堀にある秘具店〈四目屋〉に由来する。

　四目屋は、その屋号の通り、黒字に白く四個の菱の目を染め抜いたものを商標にしている、有名店だ。

　他にも秘具店は何軒かあったが、三代将軍家光の頃から営業しているという四目屋の知名度は抜群であった。

　それで〈四目屋道具〉〈四目屋薬〉というように、その屋号が、秘具や媚薬の代名詞になったのである。

しかし、秘具媚薬の需要は、江戸府内だけではなく、日本全国どこにでもある。江戸と比べて、娯楽の種類が少ない分だけ地方の需要は、より切実かも知れない。

そこで、旅廻りの小間物屋が、副業的に四目屋物を扱ったが、次第に、これを専門とする者が現れた。

四目菱の紋の、縁(ふち)と仕切りをなぞると〈卍〉という字になり、これが業者間での四目屋物の隠語になっていた。

それで、旅廻りの秘具媚薬専門の行商人を〈卍屋〉と呼ぶようになったのである。

龍次は、この卍屋を生業(なりわい)として、全国を流れて歩いているのだ……。

「嘘つけっ」

友吉が、怒鳴りつけた。

「下手人(げしゅにん)じゃなかったら、どうして、夜中に林の中を、うろうろしてたんじゃ。味をしめて、また、娘っ子を拐(かどわ)かそうとしてたんだろうが」

「何度も言ったでしょう。鳳来寺に急用があるんで、夜旅をしてたんだと」

「まだ、月が細いのに、提灯も灯(とも)さずにか」

「蠟燭を節約してたんですよ」と龍次。

「舐めるなっ！」

友吉は龍次の腰を蹴った。

「気賀のお関所は、暮六つには閉まるだぞ。ご法度の関所破りを、やらかしたんだろうが」

「夕方、関所を通って、引佐峠を上ってたら急に腹痛を起こしまして……。道端で休んでいたら、夜になってしまったんですよ」

「口の上手い野郎だ」

龍次は痛みを堪え、呼吸を整えてから、言った。

「お尋ねしますが……どうして、行きずりの私が、三人もの娘さんを手にかけなきゃいけないんで」

「そりゃ、おめえ……」

友吉は返事につまった。

「悪さをしようとして、騒がれたんで、殺したんだろう。富山の先生は別として、旅廻りの商人には、そういう奴がいるでのう」

白髪頭の老爺が、自信たっぷりに言った。

　何人かが、賛同の声を上げる。

「私一人で、一晩のうちに、三人の娘さんを殺して、誰にも見つからずに、村のあちこちに捨てたというんですか」

「…………」

　老爺は黙りこんだ。

「それに、もっと大事なことがありますよ」

「な、なんだっ」

　龍次の髷をつかんでいる若者が、訊いた。

「まだ見つからないお優さんを含めて、四人の娘さんが、いつの間にか、家の中から消えていたのでしょう」

「ああ」

「どうやって、私が、娘さんたちを連れ出したというのです。妖術使いじゃあるまいし」

「…………」

　広場の一同は、顔を見合わせた。

「みんな、騙されるんじゃねえ」

友吉が叫んだ。

「こいつは、上手いこと俺たちを言いくるめて、逃げようとしてるんだっ」

温厚そうな顔立ちの男が、片手で制して、

「まあ、待ちなさい、友吉」

「庄屋様……」

「これ以上、痛めつけて、死んでしまっては困る」

笹尾村庄屋の、大島八兵衛は言った。

憔悴し切った表情である。

「とにかく、夜が明けたら、三ケ日宿の宿場役人に届けるのだ。おそらく、二、三日のうちに、浜松から藩のお役人が来ることになるだろう。この男の詮議は、お役人に任せたが良い」

「ですが、庄屋様……」

先ほどの老爺が言った。

「お優さんの居場所を、白状させないと」

「……茂平」

八兵衛は、声を落として、

「お雪、お峰、お藤の三人が、こんな惨い目にあっているのだ。私は……自分の娘だけが無事だと思ってはいませんよ」

そっと、目頭を押さえる。

「庄屋様っ」

友吉は、ぼろぼろと大粒の涙をこぼした。

村人たちも、貰い泣きする。

「…………」

龍次は無言で、そんな村人たちを見回した。

4

庚申堂の床に、連子窓から洩れる月光が、碁盤模様を描いている。

龍次は、横倒しの体勢で、その光の模様を眺めていた。

この庚申堂に放りこまれて、半刻――一時間ほど過ぎている。

佐久蔵に担ぎ上げられ、広場からここに運ばれたのである。

見かけは無残で、瀕死の状態のように見えるが、巧みに急所をかばったので重傷ではない。

骨折もないし、骨に罅も入っていないようだ。

後ろ手に縛られて受け身がとれないので、佐久蔵の肩から床へ投げ出されたのが、一番こたえた。

見張りは、いない。

今は、じっとして体力が回復するのを、待っている。

(しかし――)と龍次は考えた。

三人の娘は、なぜ、殺されたのか。

女の部分に杭を刺しこむなどという、猟奇的な殺し方をしたのは、なぜなのか。

そもそも、どうやって四人の娘を、家の中から連れ去ったのか。

そして、四人目の娘・お優の安否は……。

龍次は、そっと呟いた。

「おゆう……」

――卍屋龍次は、孤児である。

明和九年――西暦一七七二年の、江戸府内の三分の一を焼き尽くすという大火で、小間物屋をやっていた両親は、死亡した。

龍次が、三歳の時である。

彼は、遠縁の俸手振り一家に引きとられ、極貧の中で、虐待されながら育った。

龍次が十歳になった時、十両の支度金と交換に日本橋の材木問屋に奉公へ出された。

ところが、彼が連れて行かれたのは、本所の外れにある香蘭寺であった。

そこは、〈蓮華堂〉という秘密倶楽部の本拠地だった。

豪商や隠居した大名、大身の旗本などの老人を会員とし、性的能力の減退した彼らのために、美しい子供たちによる背徳的なＳＥＸショーを観せるのである。

公家の御落胤ではないかと噂されるほど可愛い龍次は、ここの性交ショーの出演者としてスカウトされたのだった。

蓮華堂には、八歳から十四歳までの十七人の美少年美少女が、軟禁されていた。

彼らは、オーソドックスな一対一から、少年一・少女二、少年二・少女一の３Ｐ、少年二・少女二の乱交、果ては同性同士の絡み合いなどの、ショーを演じる。

会員たちは、女と一緒に、それを見物して萎えていたものが甦ると、別室でゆっくり楽しむという訳だ。

わずか十歳の龍次は、先輩である十三歳の少女によって、初体験をした。

そして、SEXの観世物になることを強要されたのである。

龍次は舞台に立つことを拒否し、徹底的に反抗した。

本来なら、見せしめのために殺されるところだが、蓮華堂の幹部たちは、龍次の気品のある美貌を惜しんだ。

「あれほどの上玉は、なかなか手に入らぬぞ要は……あの反抗心をとり除くことだ」

彼らは、悪魔的なアイディアを思いついた。

龍次の幼い男根に、二匹の龍の姫様彫りをしたのである。

姫様彫りとは、皮膚下に針で、温度の変化で発色する特殊な色素を注入する彫物のことだ。

普段は全く見えないが、風呂に入ったり酒を飲んだりして、体温が上昇すると、図柄が浮かび出るというわけだ。

龍次のは、海綿体が充血して男根が勃起すると、双龍の画が見えてくるのである。

「佐渡帰りだって、こんなのは彫っちゃあいねえぜ。おい、小僧っ！　もう、お前は、真面な暮らしはできねえんだよ！　諦めろ！」

その怪奇な彫物を入れられたことで、十歳の少年の心は、壊死を起こした。

反抗心が嘘のように消えてしまった。

彼は、黙々と舞台を務めた。

幼い美少年の薄桃色のそれに、双龍の化粧彫りがしてあるという猟奇性に、薄汚い会員たちは、ひどく興奮した。

龍次は、淫靡で背徳的な性交ショーの花形になったのである。

早過ぎた初体験のためか、連日の刺激のせいか、それとも化粧彫りの副作用なのか、龍次の男根は、驚異的な成長を遂げた。

特に、玉冠部の発達が著しい。

その美貌と裏腹な、アンバランスなほど逞しい巨茎が、ますます人気を呼んだ。

ＳＥＸの技術にも、磨きがかかって来た。

その性技と巨根を駆使して、美少女たちを忘我の夢に遊ばせながら、龍次は、いつも無表情だった。

父も母も、この世の人ではない。親戚は、自分を十両で売った。

肉体の一部に、奇怪な彫物を入れられて、老人相手の破廉恥な観世物になっている……。

人間性を根底から破壊された、なんの希望もない日々であった。

寺院の敷地内から、一歩も出られぬまま、龍次は十三歳になった。

蓮華堂の少年少女の年齢の上限は、十四歳である。

女の子が十四、五で結婚することは珍しくなかったし、吉原の遊女の水揚げ年齢が十四歳前後なので、ショーとしての刺激度が薄れるからだろう。

十五歳になった少年少女は、別の組織に売り飛ばされるらしい。

そこでも、こんなマネをさせられるのか、と十三歳の龍次は、ぼんやりと考えた。

だからといって、それについての怖れや不安が、あるわけではない。

自分は、すでに死んだも同然の人間なのだ……と、龍次は常に考えていたのである。

しかし、ある春の夜、龍次は控え室で、運命の少女に引き会わされた。

切り下げ髪が、黒々と絹のような光沢を放ち、肌は雪白で、雀斑（そばかす）一つない。

顎（あご）が小さく、ふっくらとした桜色の唇から覗く歯は、小粒の真珠を並べたようである。

二重の下の瞳は大きく、目は神秘的な青みを帯びていた。

まるで、この世に人間として生まれて来たことが間違いではないのか――と思えるほど、清らかで愛くるしい少女であった。

それが、十歳の〈おゆう〉だった。

おゆうは、龍次の相方として、連れて来られたのである。

少女は、対になった男女雛の土鈴（どれい）を持っていて、その女雛（めびな）の方を、龍次にくれた。

二人は、美しく彩色された男女の土鈴を、鳴らしてみた。

土鈴のデュエットである。

その柔らかい涼やかな音色（ねいろ）を聞いて、おゆうは微笑した。

ごく自然に、龍次も笑みを返した。そして、驚いた。

涙も笑いも、ずっと忘れていたのに……。

汚れなき美少女の微笑が、龍次に人間らしい感情を呼び起こしたのである。

が、その時、町奉行所と寺社奉行の合同隊が、蓮華堂に奇襲をかけて来た。

灯り（あか）が消され、暗闇の大混乱の中、おゆうは誰かに連れ去られた。

龍次の名前を呼びながら。

二人の最初の出逢いが、最後の別離（わかれ）になったのである。

以来八年——龍次は、片時たりとも、少女のことを忘れたことはない。
そのため、龍次は卍屋になって、日本全国を旅して歩いているのだ。
自分に人間の心を呼び戻してくれた、ただ一人の少女〈おゆう〉を捜すために——。

「…………」

龍次の片眉が動いた。
庚申堂の扉の向こうに、誰かが立っているのである。
村人が様子を見に来たのでも、なさそうだ。
音を立てないようにして、扉が、そっと開いた。
月光を背にして、小柄な人間が足音を忍ばせて入って来る。
女だ。
包丁を手にしている。
龍次は目を閉じて、眠っている振りをした。
女は、彼の前まで来ると、片膝をついた。呼吸が荒い。
そして、両手で握った包丁を大きく振り上げた。
その瞬間、目を開いた龍次は、女の胸を思いっ切り蹴り上げた。

「うっ！」

包丁が飛び、女は倒れた。

龍次は、包丁のところまで這い進むと、後ろ向きにそれを取り、縛め（いまし）の縄を切断した。

外の様子をうかがいながら、両手を振って血行を促す。

他には、誰もいないようだ。

縄を持って、失神している女の方へ戻る。

十七、八歳くらいの娘だった。

素朴な顔立ちである。

龍次は、娘の懐（ふところ）から手拭を出して、その口に猿轡（さるぐつわ）をかませた。

それから、娘を後ろ手に縛り、着物と腰布の前を大きく割る。

秘部には、恥毛が淡く生えている。

女神の丘（ヴィーナス）が、ふっくらと盛り上がっていた。

細い足を折って、左の太腿（ふともも）の上に右の足をのせ、右の太腿の上に左の足をのせて、坐禅を組ませる。

そして、前のめりに倒した。

娘は臀(しり)を頂点にして、頭と両膝の三点だけで、体重を支える形になった。

着物の裾(すそ)と腰布をまくり上げると、白く小さな臀の双丘(そうきゅう)が、剝(む)き出しになる。

秘部も背後の門も、女の最も羞(はず)かしい部分が全て、曝(さら)け出された。

これが〈坐禅ころがし〉である。

伝馬町(てんまちょう)の女牢(おんなろう)において、牢役人や牢番たちが拷問蔵(ごうもんぐら)で、女囚(じょしゅう)を凌辱(りょうじょく)するのに用いたといわれる態位だ。

この形では、女囚は逃げることも身動きすることもできず、背後から易々と犯されてしまう。男にとっては、ひどく嗜虐的な態位だ。

龍次は、無毛の花園に手を伸ばした。

亀裂から顔を覗かせている、意外と肉厚な花弁を、そっと撫でる。

意識がないのに、可愛い臀が、もそもそと動く。

しばらく微妙な愛技を施していると、美しい花園の深淵から、透明な秘蜜が湧き出してきた。

鞘の中に隠れていた桃色の肉粒が、姿を現す。

「ん……」

娘が、気絶から覚めた。

すぐに、自分の置かれた状況に気づいて、猛烈に暴れようとする。

だが、逃れることはできなかった。

龍次は、左手で娘の背中を押さえつけ、右手で花園を嬲（なぶ）る。

「うぅ……う……」

呻（うめ）きながら、娘は悔し涙を流す。

「俺を殺そうとしたところを見ると、お前、死んだ娘に係わりのある者か」

「ぐぐ……」

龍次を睨みつけながら、娘は頷いた。

「俺は、下手人じゃねえよ」

娘は首を横に振る。

龍次は、花園と後門の中間地帯を撫でながら、

「信じねえのも、無理はないがな。力を貸してくれ。本当の下手人を捜し出さなきゃ、死んだ者が浮かばれねえぞ」

「……くウっ！」

娘が、仰（の）け反（ぞ）った。

秘蜜に濡れた男の中指が、背後の蕾（つぼみ）に侵入したからだ。

親指の方は、ふくれ上がった肉粒にかかっている。
さらに、曲げた人差し指の関節が、中間地帯を圧迫していた。
龍次は、その右手を、細かく震わせる。
下半身の三つの性感点を同時に責められて、まだ処女らしい娘は狂ったように乱れた。
そして、
溢れた熱い蜜が、太腿の内側を流れて、膝裏までも濡らした。
「――っ!!」
たやすく、絶頂を迎えてしまう。
猿轡をかませていなければ、人を呼び集めるほどの悦声を上げていただろう。
ぐったりとなった娘の口から、龍次は手拭を外した。
娘は、快楽の余韻を味わいながら、ぼんやりと男の顔を見る。
「名は」龍次は訊いた。
「加世……」
娘の声には、甘えが感じられた。
女の羞かしい部分を余すところなく見られた上に、生まれて初めて歓びを与えられて、もはや龍次とは他人ではない——という気持ちなのであろう。

「お藤姉さんを殺したんじゃないって……本当？」

5

龍次は、加世の家に匿（かくま）われた。

両親とも、村寺の本堂に安置されたお藤の遺体につき添っている。

一人で留守番しているうちに、仲の良い姉を殺した男が許せなくなり、包丁を持ち出したのだという。

加世に傷の手当をして貰った龍次は、味噌雑炊（みそぞうすい）で軽く腹拵（はらごしら）えをする。

食事を終えて横になると、娘がすりよって来た。

「龍次さん……」

目を閉じた加世を抱きしめて、龍次は、くちづけをした。

少しでも休息したいが、娘の欲望を満足させてやって、事件に関する情報を引き出さねばならない。

夜明けまで、あと四時間もないのだ。

龍次は舌先で、ゆるゆると加世の歯茎を愛撫(あいぶ)しながら、着物を脱がせる。

自分も裸になった。

小柄なので幼く見えるが、加世は今年で十八だそうだ。

胸のふくらみは薄い。

龍次の唇が、首筋へ、乳房へ、脇腹へ、そして女神(ヴィーナス)の丘へと移動する。

太腿の内側を、唇と舌先でくすぐると、敏感な処女の花園は、秘蜜で濡れそぼった。

花弁の合わせ目にある肉粒——古語では雛尖(ひなさき)と呼ぶ——も、丸々とふくれていた。

陰核の平均膨張率は、一・五倍だというが、加世のものは二倍近くになっている。

秘裂から肉厚の花弁が二枚、顔をのぞかせている。

指で左右に押し広げると、菱形になった。

美しい桜色の内部の庭から、透明な蜜が溢れる。

「羞かしい……」

加世は両手で顔を覆った。

内部の庭の、そのまた奥に、小さな洞窟が見えた。

未踏の秘境である。

女体を扱うことにかけては玄人（くろうと）の龍次は、いきなり、そこを攻めるような真似はしない。

まず、右側の花弁の縁を舌先で、すっと舐め上げた。

「ああ……」

次は、左の花弁の縁を舐め下げる。

右上から左下へ、逆時計廻りの舌技を続け時折、雛尖を舌がかすめる。

そうすると、

「ひっ」

娘の腰が、ぴくり、と痙攣（けいれん）した。

秘境内部から湧き出る秘蜜の量が、増加した。

何度も、その雛尖への不定期攻撃を続けてから、龍次は、人差し指を十八歳の小さな洞窟に侵入させた。

「う……」

狭い。

処女の砦(とりで)が存在しているのだ。

指一本が、やっとだ。

生まれたばかりの赤ん坊の口みたいに、龍次の指に吸いつく。

静かに、指を出し入れしてみた。

加世は痛みを訴えなかった。

娘の腰から太腿にかけて、漣(さざなみ)が走った。

指を抜いて、再び、唇と舌による巧妙な愛技を花園に施す。

それから、己(おの)れの猛々(たけだけ)しいものを、花孔の入口にあてがった。

火のように熱く、石のように硬く、信じられぬほど大きなものを、大事な場所に押しあてられて、加世は本能的に腰を引いた。

接吻をしながら、龍次は加世の首に腕をまわし、彼女の軀(からだ)が逃げないようにする。

龍次の卓越した性技をもってしても、灼熱の巨塊が蒼(あお)い女体を完全に貫くのに、さらに四半刻(しはんとき)——約三十分を必要とした。

可憐な肉洞を、己れのもので完全に満たす。

鮮血が一筋、臀の方へ流れた。

龍次は、ほとんど腰を使わずに男性の器官だけを花孔の内部で、ひくつかせる。

この高等技術により、加世は初体験から、甘い歓びを感じることができた。

放射をしないまま、龍次は隘路から男根を引き抜き、桜紙で後始末をする。

多少の出血を見たものの、無事に破華を終えた十八歳の娘は、満足げであった。

「――赤地蔵の祟りってのは、どういうものなんだ」

全裸の加世の肩を抱いて、龍次は訊いた。

「これは、死んだ爺様に聞いた話だけど……」

元亀三年――西暦一五七二年、上洛を目論む武田信玄は西進を開始し、二万七千名の軍勢で遠江国へ侵入した。

これを迎え討つ徳川家康の軍は、一万一千。

戦場は味方原。

世にいう〈味方原の戦い〉が、これである。

しかし、二・五倍もの敵に徳川軍は敗北した。

その敗走軍の落武者が四人、笹尾村に逃げこんだのである。

村人たちは食事をふるまって、彼らを安心させ、油断したところを皆で、よってたかって撲殺したのだ。

その時、飛び散った血飛沫が、地蔵の頭にかかり、いくら洗っても赤黒い染みがとれなかった。

さらに数日後、落武者殺しの首謀者である大鳥八兵衛の先祖が、村道を歩いていると、突然、地蔵が倒れてきて、足の骨が折れてしまったのである。

彼は破傷風を併発し、そのまま死亡した。

村人たちは「落武者の呪いだ！」と恐怖して、四人の供養を行った。

これが、二百十数年後の今も、村外れに立っている赤地蔵の由来である。

笹尾村の者は、近在で何か凶事が起こると全て赤地蔵の祟りと考えるのだった……。

「今度の神隠し以外にも、おかしな事件があるのかい」

「ああ。ここ半年くらいの間に、若い娘ばかり、六人も死んでるんだよ」

まだ隆々としている双龍根を、両手でそっと握りながら、加世は答える。

太すぎて、彼女の指では握り切れない。

「どんな風に」

「そう……お町さんは、崖から落ちたし、お関さんは川で溺れたし……お北ちゃんは、蝮に咬まれて死んじゃったんだ」

「みんな娘ばかりか」

「うん。きれいな子ばっかりさ。それで、みんな気味悪がってたら、今度は、お姉ちゃんも入れて四人も居なくなって」

　龍次は少し考えてから、

「お加世。姉さんが居なくなる前に、何か変わった様子は、なかったか」

「そう言えば……」

　居なくなる日の夕方、小さな手紙のようなものを、お藤は持っていたという。加世が、誰からの文かと訊くと、お藤は青い顔をして答えなかったそうだ。

「文か……。そういえば、富山の先生とか言ってたが、売薬人が来ていたのかい」

「達磨の先生だね。太ってて、いつもにこにこしてて、凄くいい人だよ。庄屋様の屋敷に三日ばかり居て、十日くらい前に立って行った」

　売薬人とは、越中富山藩専売の反魂丹を全国に売り歩く行商人のことである。

　いわゆる、富山の薬売りだ。

　胃痛に効く反魂丹や、血の道に効果のある実母散、頭痛を直す千金丹などの有名薬を扱って、庶民に絶大な信用があった。

　旅籠のない土地では、庄屋や地主などの有力者の屋敷に泊めてもらう。

するとて「あそこは売薬人を泊めるほどの家だ」と周囲の者は羨ましがった。

教養人として遇され、揮毫を頼まれることもあった。

医者のいない農山村では、置き薬だけが頼りである。

茂平老人などが「富山の先生」と呼ぶのも、無理はない……。

「十日前なら、今度のことには関わりないな」

「そうだよ。お町ちゃんたち六人が死んだのも、達磨先生の来る前だもの」

男の熱く脈打つ剛根を、愛しそうに頬をすり寄せながら、加世は言った。

「きれい……。一度だけ、枕絵を見たことがあるけど、あれは嘘だと思ってた。

本当に、画と同じくらい大きなものがあるなんて……」

薔薇色に輝く玉冠の縁を、そっと舐める。

「男の人は、こうされると、気持ちがいいんだろ?」

それから、先端の切れこみに浮いている透明の露を、音を立てて吸った。

――枕絵に登場する男女の性器が、非常に大きく描かれている理由は、生臭くなるのを避けて大らかな笑いを誘うため、というのが通説である。

そういう効果も確かにあるが、第一義的には、全景と接写との共存なのだ。

つまり、男女の絡み合いの全身をフル・ショットで撮らえ、さらに、誰もが見たがる結合部をクローズ・アップして、この二つの映像を一つの画面の中に同時に成立させたのが、あの巨大性器なのだ。

解剖学的合理性を無視して、胴体と手足や首の方向がバラバラなのも、同じ理由による。

一枚の画の中に、映画の数カットに匹敵する時間的情報を盛りこんだところが、日本の枕絵の世界に誇るユニークさと偉大さであろう――。

「ところで……まだ見つからない、庄屋のお優さんは、江戸にいたことがあるのか」

加世は、玉冠から口を外して、

「そうだよ。お嬢様は八歳の時に、子供のいない江戸の親戚の家に、養女に行ったのさ。そしたら、去年、その家に男の子が生まれてお嬢様を邪魔者扱いしだしたんだ。それで半年前に養女縁組を解消して、この村へ帰って来たんだよ。お嬢様は、亡くなった奥様にそっくりになってたんで、みんな、びっくりしたっけ」

再び、加世は吸茎作業に戻る。

「半年前……」

龍次は、眉をひそめた。

笹尾村で、若い娘の不審死が始まったのも半年前ではないか。

これは偶然の一致なのか、それとも……？

「お加世」

龍次は手を伸ばして、娘の桜色の乳頭を、ひょいと捻る。

「あっ！」

疼痛と快感の入り混じった不思議な感覚に、加世は、呻いた。

「俺の手助けをしてくれるな」

「う、うん」

加世は喘ぎながら、頷いた。

「良し。だったら――卍屋が庚申堂から逃げたって、村中に触れ回るんだ」

6

寺の本堂に、見張りはいなかった。

みんな、逃亡した卍屋を見つけるために、そこら中を駆け回っているのだ。

裏山に、いくつもの人魂のようなものが動いているのは、山狩りの連中の松明である。

が、彼らの予想に反して——卍屋龍次は、村の中ほどにある寺に侵入したのだ。

本堂には、かすかに屍臭が漂っていた。

殺された三人の娘の遺体が、安置されているのである。

被害者の家族が一晩中、つき添っているはずだったが、みんな卍屋狩りの方へ参加したらしい。

龍次は、そっと板敷きの本堂へ上がりこんだ。

遺体ばかりで、生者のいない室内を、素早く見回す。

「むっ」

龍次は顔色を変えて、須弥壇の方へ走った。

そこに、彼の道中差と荷物が置いてあったのだ。

刃渡一尺七寸の道中差を、素早く腰に落としこむ。

原則として、町人や百姓は帯刀を許されていないが、旅行者は、一尺八寸——約五十五センチ以下の長さの刀ならば、護身用として所持が許されていた。

武士であれば脇差に当たる長さである。

その道中差の鍔には、八年前に〈おゆう〉がくれた、女雛の土鈴が下げられていた。

それから、龍次は三人の遺体に近づいて、かけてある白布を剝いだ。

手前のお峰の遺体から、改める。

藩の役人が来た時のためか、杭は、そのままにしてあった。

遺族にしてみれば、たまらない措置だろう。

龍次は、静かに杭を引いた。

抵抗なく、杭は抜けた。血や体液で汚れた先端を、見つめる。

ぽっかりと穴が開いた局部を覗きこみ、次いで、頭の方へ行って、口腔内や眼球、瞼の裏などを調べた。

「…………」

少しの間、考えてから、龍次は十五歳の娘の遺体を、俯せにした。

そして、臀の双丘を左右に開いて、後門を見る。

「！」

龍次の頬に、険しい翳が浮かんだ。

同じような手順で、あとの二人の遺体も調べる。

そして、白布をかけ直し、三人に片手拝みをして、低く呟いた。

「……外道めっ！」

7

外へ出た龍次は、夜の闇の中を、庄屋の屋敷へ向かった。
屋敷の警備状況を確認してから、裏の土蔵に近づく。
白漆喰塗りの蔵の入口には、海老錠がかかっていた。
見上げると、妻のところに小さな格子窓がある。
窓のそばには、柿の木が太い枝を伸ばしていた。
龍次は、その木にとりつき、痛む軀を叱咤して登った。
枝にすがって、格子窓から土蔵の中を覗きこむ。
表に鍵がかけてあるにも係わらず、土蔵の中に淡い灯がともっていた。
「…………！」
龍次は眉をよせた。
視界の隅に、投げ出された女の足が見えたのだ。
素早く柿の木から降りると、龍次は、懐から折れ釘のような道具をとり出す。

それを、海老錠の鍵穴へ差しこんだ。

二十と数えないうちに、海老錠が開いた。

そっと扉を開いて、龍次は中に滑りこんだ。

土蔵の中は一階と二階に分かれており、その二階へ上がる梯子(はしご)の陰に、後ろ手に縛られた女が転がされている。

壁の燭台(しょくだい)に、蠟燭(ろうそく)が立てられていた。

猿轡(さるぐつわ)をかまされた女は、こちらに背を向けて、もがいている。

裾(すそ)がはね上がり、膝のあたりまで剝(む)き出しになっていた。

龍次は女に近づいて、抱き起こした。

若い美しい娘だが、髪も襟元(えりもと)も乱れていた。

驚愕(きょうがく)の表情で、目を見開く。

「怪しい者じゃねえ。お前さんを、助けに来たんだ」

そう言って龍次は、娘の手と足の縄を解いた。猿轡も外してやる。

娘は、海底から浮かび上がった海女(あま)のように、大きく息を吸った。

「あんた、お優さんだね」

「だ、抱いて……」

喘(あえ)ぎながら、お優は言った。

「何っ」

「お願い、早く抱いて下さいっ！」

下腹部を男の膝に擦りつけながら、お優は叫んだ。

「静かにしなっ」

龍次が彼女の口を手で塞(ふさ)ごうとすると、お優は、それを払いのけた。

「どうして、挿入(いれ)てくれないのよォ！　あそこが熱いっ！」

大きく足を広げ、秘処(ひめどころ)を剝き出しにする。

花園は、濡れそぼっていた。

若草は薄く、楕円形である。

花弁は新鮮な色だが、荒淫(こういん)のためか、女神(ヴィーナス)の丘全体が真っ赤に腫れ上がっていた。

見せつけるように腰を突き出し、両手で手淫を始める。

場末の女郎でも、男の前で、こんな露骨な行為はしない。まるで色餓鬼(いろがき)だ。

花孔に二本の指を入れて激しく動かし、腰を前後に振る。

左手では、真っ赤に膨張した肉粒を擦り立てていた。

「やっぱり……あれを使われていたか」

龍次は昏い眼差しで、お優の浅ましい痴態を見つめる。

「挿入て！　私の孔へ、ぶち込んでえ！　もう、狂いそうなのよっ！」

龍次は、木股の前を開いた。

抱いてやらねば、おさまりがつきそうもない。

「ああっ……」

それを見て、お優は飛び起き、男の腰にしがみついた。

もどかしげに男性の器官を引っぱり出し、柔らかいそれを咥える。

百戦錬磨の夜鷹ですら赤面しそうな勢いで、しゃぶり立てた。

布倶里を揉みながら、頭を前後に動かす。

龍次は仁王立ちのまま、むしろ沈痛とすら言える表情で、お優の吸茎作業を見下ろした。

硬化した男根が急角度でそそり立つと、お優は立ち上がった。

左足を龍次の腰にかけて背伸びすると、立ったまま花孔へ剛根を導く。

しかし、身長差があるので、上手く挿入できない。

「ねえ、ねえっ」

最も卑猥（ひわい）な俗称を使って、お優は結合を求めた。

龍次は、女の臀を両手でつかんだ。

お優は男の首にかじりつく。

「その軀、改めさせてもらうぜ」

彼女の臀を持ち上げると、龍次は、その中心に男の器官をあてがった。

女の両足が龍次の胴を挟み、背後で組まれる。

大木に蝉（せみ）がとまったような態位だ。

四十八手でいうところの、〈櫓立ち（やぐらだ）〉である。

「俺の肩に嚙みつきな」

ずずずっ、と巨根が侵入を開始した。

「くゥ……っ！」

龍次の肩に歯を立てて、お優は呻（うめ）いた。

きゅうっと両足で、男の腰を締める。

あれほど男根を求め、熱い蜜を溢れさせていたのに、花孔内部は狭かった。

長大なものの半ばまで入れたところで、龍次は、女の臀を揉むように揺する。

「お、おおおっ……ああっ!!」

こみ上げる悦楽の波動に、お優は、男の着物の肩を噛み破った——。

8

「まだ、あの卍屋は見つからないのかい！」

笹尾村庄屋・大鳥八兵衛は、甲高い声で叫んだ。

普段の温厚さに似ぬ、取り乱した態度である。

名字帯刀を許されているので、腰に脇差を差していた。

八兵衛は、薄青くなった東の空を見て、

「ごらん、もう夜が明けて来たじゃないかっ」

捜し疲れた人々は、村の広場に集まっていた。

「あいつめ、どうやって逃げたのか、見当もつかねえ。あの縄が解けるわけがねえのに」

——と、
火縄銃を持った友吉が、首をひねった。

「逃げちゃあいませんよ……」

火の番小屋の蔭から、腰に道中差を落とした卍屋龍次が、ふらりと姿を現した。

「ああっ！」

村人たちは、思わず逃げ腰になる。

一人、友吉だけは、すぐさま銃の狙いをつけた。

「友吉さん……お峰さんの仇討ちなら、銃口を向ける相手が違いやしませんか」

「なんだと!?」

友吉が引き金から指を離すと、八兵衛が血相を変えて叫ぶ。

「友吉、さっさと撃ち殺すんだよ！」

龍次は冷酷な視線を、庄屋に向けて、

「お峰さんを……いや、四人の娘を拐かした下手人は、俺でもなければ、赤地蔵でもねえ。そこにいる……仏の八兵衛さんですよ」

「えっ!?」

村人たちは、唖然となった。

「四人だけじゃない。ここ半年間のうちに、おかしな死に方をした六人の娘も、その八兵衛さんが殺ったんです」

「う、嘘だあっ！」

八兵衛は、半狂乱の状態だった。

友吉は、そんな八兵衛と龍次を交互に見つめて、

「おい、卍屋。どうして庄屋様が、実の娘を拐かさなきゃいけねえんだ」

「それはね。この男が、血を分けた娘を抱きたくて抱きたくて、たまらなかったからだよ」

「そんな馬鹿な……」

——真相は、こうである。

半年前、九年ぶりに我が娘に再開した八兵衛は、美しく成長したお優が、死んだ女房のお浜(はま)に生き写しなのに驚いた。

そして、実の娘に強烈な欲望を感じたのである。

そのどす黒い欲望は、日毎(ひごと)に膨張して行った。

ついに押さえ切れなくなった八兵衛は、或(あ)る日、お優に年格好の似ているお町を林の中で犯してしまった。

そして、強姦(ごうかん)の激痛で失神した娘を、崖下へ投げ落としたのである。

お町の死は、赤地蔵の祟(たた)りという事になりそれ以上の追及はなかった。

これに味をしめた八兵衛は、次々に村の娘を襲い、殺害したのである。

仏の八兵衛といわれた男も、一皮剝けば、その正体は淫楽殺人鬼だったのだ。

が、六人もの娘を犯し殺しても、八兵衛の狂った欲望は満たされなかった。

どうしても、実の娘の処女肉を責め苛みたい——明けても暮れても、八兵衛の頭から、その願望が離れないのだ。

しかし、お優を強姦すれば、今までの犯行が、ばれてしまう。

かといって、お優まで殺してしまうのは、まずい。

思い悩む八兵衛に、悪魔の知恵を授けた者がいた……。

「出鱈目も、いい加減にしろっ！」

大鳥八兵衛は吠えた。

「一体どうやって、私がお雪たちを拐かしたというのだ！」

「そいつは、簡単だよ」と龍次。

「お前は、三人の娘に文を渡した。『お前の一家全員に、赤地蔵の呪いがかかっていることがわかった。家族の命を助けたければ、今夜遅く、誰にも知られぬように屋敷の土蔵まで来い……』というような内容の文さ。お峰たちが、家の中から消えてしまった秘密は、これだ」

「と、とんでもない言いがかりだっ」

「お優さんの方は、もっと簡単だった。人のいないところで、今夜、大事な話があるから、土蔵に来い——と言えばいいんだからな。都合よく現れた俺に濡れ衣を着せて、役人が来る前に、ひそかに殺すつもりだったんだろうよ」

「よくも、次から次へと嘘八百を……」

「では、どうして、四人の娘を密かに集めたのか。それは、この男が、〈姦多利素〉を手に入れたからだ」

姦多利素——別名、スペインの蠅。

おそらくは、地球上でもっとも強力な天然の媚薬である。

イベリア半島に棲息するツチハンミョウ科の甲虫である豆斑猫、これの雌の成虫を乾燥させて粉末にしたものだ。

豆斑猫は、その血液と生殖器の付属腺にカンタリジンという有毒成分を持っている。

その含有割合は、乾燥重量の十五パーセントから二十五パーセント。

カンタリジンは極めて強力な毒物で、人間の皮膚に触れれば水ぶくれを起こし、内服すれば消化器官の内壁を爛れさせる。

致死量は三十ミリグラムで、これだけ服用すると、性器と後門から夥しく出血して、七転八倒した挙げ句に、死亡するのだ。

ただし、微量を服用もしくは塗布すると、局部の粘膜を刺激して、男性は勃起したままになる。

女性は性器内が充血して、堪え切れぬ程むず痒くなり、挿入を哀願するようになる。

マルキ・ド・サド侯爵は若い頃、マルセイユの売春窟で三人の娼婦を買い、派手に乱交を楽しもうと、斑猫素入りのボンボンを食べさせた。

ところが、娼婦たちはひどい中毒症状を起こし、警察に訴えた。

サド侯爵はイタリアに逃亡し、欠席裁判で死刑を宣告されたが、後に娼婦たちに賠償金を払って、告訴をとり下げてもらっている……。

このように姦多利素は強力な薬で、南蛮人からの輸入物が最高級品だが、中国産のキオビンゲイや国産の斑猫の粉末でも、本場物ほどではないが効果はある。

お雪、お峰、お藤の死因は、この姦多利素の過剰服用による中毒死だったのだ。

八兵衛は、死因を偽装するため、後から木の杭を局部に刺しこんだ。

が、もし生きている時に貫かれたのなら、生活反応で周囲の筋肉が収縮して、杭をがっちりと挟みこんだはずだ。

さらに、毒物中毒死に独特の肌の青黒さを、隠すことはできない。

もちろん、死体を運んで河原や用水路のそばに捨てたのは、下男の佐久蔵だ。

彼は、主人の命令には、絶対服従する男なのだ。

「姦多利素は怖ろしい媚薬だ。だから、俺たち卍屋でも、これだけは扱わないようにしている。その禁断の媚薬を、百両という値段でお前に売ったのは……富山の先生こと、売薬人の達磨屋玄太(げんた)だな」

「う……」

八兵衛は首を垂れた。

「金のためなら、毒薬でもなんでも売る。旅商人の風上にも置けない野郎だっ」

達磨屋玄太は、姦多利素の本来の効能の他に、これを服用して性交をすると、その間の記憶は空白になる――という馬鹿げた嘘を大鳥八兵衛に吹きこんだのだ。

それを信じこんだ八兵衛は、娘のお優だけではなく、村で評判の美女を集めて、一対四の乱交の宴(うたげ)を計画したのである。

ところが、お雪たちに姦多利素を飲ませたら、急に苦しみ出し、大量の出血をして死亡してしまった……。

「……戯言(ざれごと)も、それまでにして貰おう」

喉の奥から絞り出したような声で、八兵衛は言った。

「お前が今まで言ったことは、みんな空想じゃないか。どこに、証拠があるというんだ！」

卍屋龍次は冷笑して、

「証拠か。それなら生き証人が、ほら、そこに」

指差す方に、皆は振り向いた。

そこに、髪を乱したお優が立っていた！

「お、お嬢さん……」

お優は、幽鬼のような表情で、言った。

「龍次さんの言ったことは、みんな本当です。父さんは、あたしを土蔵に閉じこめ、あそこに変な薬を塗って、無理矢理……こいつは、人間の皮をかぶった畜生なのよ！」

「うあああああああァっ!!」

突然、佐久蔵が凄まじい雄叫びをあげて、龍次に棍棒で殴りかかった。

龍次は、流れるような動きで、その一撃を躱す。

まだ、道中差の柄に手もかけていない。

「佐久蔵。おめえには、随分と可愛がって貰ったたっけなあ」

「くそ……死ねえ！」

再び、佐久蔵が棍棒を振り上げた。

それが振り下ろされる前に、龍次は大男の脇をすり抜けた。

いつの間にか、道中差が抜き放たれている。

「う……」

佐久蔵の首から、龍吐水（りゅうどすい）のように鮮血が噴き出した。

龍次が、すれ違いざま、脇差居合いで、頸（けい）動脈を斬ったのである。

大男は、朽ち木のように倒れた。

と、同時に、お優が鋭い悲鳴を上げた。

八兵衛が、彼女に抱きついている。そして八兵衛の脇差が、実の娘の胸を貫いていた。

「お、お前は、わしのものじゃ……わしだけのものじゃ……」

囈言（うわごと）みたいに、八兵衛は呟（つぶや）いた。

銃声がして、狂った庄屋のこめかみに、十匁玉（じゅうもんめだま）の弾痕（だんこん）が穿（うが）たれる。

柔らかい鉛の丸玉は内部で潰れて、見かけ上の爆発を起こし、頭の反対側に大きな射出口を開けた。

灰白色の脳髄の大半と頭蓋骨の白い破片が鮮血とともに扇状に飛び散る。

頭蓋骨の中身が空っぽになった大鳥八兵衛は、娘の死骸を抱きしめたまま、ゆっくりと倒れた。

銃を持った友吉が、放心したような顔で、くたくたと、その場に座りこむ。

卍屋龍次は、無表情に一同を見回すと、

「急な流行病のために、庄屋以下数人が死亡……役人には、そう話すんだな」

冷たく言い捨てると、荷物を背負って、龍次は歩き出した。

誰も話しかける者は、いない。

村外れまで来ると、地蔵の前に、加世が立っていた。

「龍次さん……」

連れて行って、と彼女の目が訴えていた。

龍次は、加世から視線を外し、地蔵の頭部を見た。

確かに、赤黒い染みがある。

「っ！」

龍次の左腰から、銀色の閃光が走った。

ころ――ん、と土鈴が鳴る。

切断された地蔵の頭が、地面に落ちて三つに割れた。

刀を鞘に納めて、龍次は言った。

「……達者でな」

次の瞬間には、もう、鳳来寺道へ合流する支道を、龍次は歩き出していた。

彼が庄屋屋敷の土蔵に忍びこみ、幽閉されていたお優を発見した時、彼女は姦多利素の残留作用で、悶えていたのだ。

そのお優を龍次は抱いたが、絶頂に達しても、彼女の背中にはなんの画も浮かばなかった。

お優も、また、龍次の捜す〈おゆう〉ではなかったのである。

背中に鳳凰の姫様彫りのある幻の娘を求めて、龍次は行く。

孤独な男の腰で、女雛の土鈴が、ころころと鳴った。

昇り始めた朝日が当たる、その後ろ姿を、加世は、いつまでも見送っていた……。

番外篇　女ごろし

1

「――女だってよ、ホトケは」

「若いのか、年増（としま）か」

「そんなもん、行って見なけりゃ、わかるけえ」

耳に飛びこんで来た男たちの声に、龍次（りゅうじ）は瞬時に覚醒した。家の前の通りを、二人の男が歩きながら話している。

「どこへ行くんだ」

「昌平河岸（しょうへいがし）だよ。早くしねえと、ホトケは番屋へ運ばれちまうぞっ」

そう言って、二人の足音は遠ざかって行った。

「――」

龍次は、むっくりと起き上がった。下帯だけの姿で夜具から抜け出して、脱ぎ捨てていた肌襦袢を着こむ。

「……どうしたんだい、お前さん。もう帰るのかい」

彼と同衾していた女が、眠そうに目を開ける。二十六、七の年増であった。

お雅——文字雅という長唄の師匠である。

昨夜、龍次の巨根でたっぷりと可愛がられたせいか、肌にしっとりと潤いがあり、凄いほどの色気だ。

「いや、ちょっと出て来る。すぐ戻るよ」

「またホトケ見物かい……妹さん探しも大変だねえ」

「まあな」

帯を締めた龍次は、寝間から出て玄関の草履を引っかけると、表へ出た。

板塀に囲まれた文字雅の家は、神田明神の西にある。通りの向こう側は、湯島聖堂であった。

龍次は湯島一丁目の方へ歩いて、右へ曲がり神田川の方へ行く。

春の朝の陽射しは暖かく、通りをゆく人々の顔にもどこか明るさが漂っている。

しかし、龍次は硬い表情をしていた。

神田川に突き当たると、右手が昌平坂、左手が昌平河岸だ。その昌平河岸に並ぶ床店の裏に、人が集まっている。

「ちょいと、ごめんよ」

龍次は、その野次馬の中に巧みに滑りこんで、胸まで粗筵を掛けられている死骸を見つめた。血まみれで横たわっているのは、四十前くらいの町人の女である。

龍次は、そっと吐息を洩らした。

（おゆうではなかった……）

どこかで女の死骸が見つかったと聞く度に、確かめずにはいられないが――龍次が探しているのは、十五歳の娘なのである。

「刀で袈裟懸けに斬り殺されて、財布を奪われてる。浪人の辻斬りかな」

死骸を調べながら、中年の男が言う。龍次も見知っているが、宗吉という岡っ引であった。

「酷いことをしますね。廻り商いの女なんて、十両も二十両も持っちゃいねえだろうに」

乾分の熊八が言う。

「喰い詰めた浪人なら、一朱でも五百文でも欲しいだろう。それだけありゃあ、飯を喰って酒を飲んでも、お釣りが来る」

宗吉は、草叢に転がっている荷箱と風呂敷を見て、

「あれが、ホトケの商売道具だな」

荷箱の中身は、紅白粉や髪油、櫛などであった。つまり、斬り殺された女は小間物屋だったのである。

「おい。この下の引き出しが、ないじゃねえか」

その荷箱は、五段の引き出しのある造りだが、下の二段は空っぽであった。

「ホトケが倒れた拍子に荷箱が吹っ飛んで風呂敷が解け、引き出しが抜けたんでしょうか」

「下っ引と一緒に、そこらを探して見てくれ。引き出しがないのは、気になる」

「へい」

熊八は、野次馬の整理をしていた三人の下っ引に声をかけて、神田川沿いの草叢を探し始める。

「お、龍次じゃねえか」

荷箱を置いた宗吉は、龍次の方へ来て、

「相変わらず女出入りが激しいようだが、女同士が揉めて刃傷沙汰だけは起こし

てくれるなよ」

「親分、ご冗談を」

龍次は頭を下げる。宗吉は笑って、

「まあ、お前ほどの色男は役者にも珍しいからな。口説かなくても、女の方から寄って来るだろう。まさに女殺し――このホトケも、おめえの仕業じゃあるまいな」

「勘弁してください。私は血を見ると震えが来る方で」

「わかってるよ。刀創から見て、下手人は相当の腕前だ。浪人か貧乏な武家に決まってる」

その時、下流の方で熊八が片手を上げた。

「親分、ありました」

「あったかっ」

宗吉は、小走りに熊八の方へ行く。つられて、龍次も、そのあとを追った。野次馬たちも、ぞろぞろと移動する。

「何だ、二つとも空か」

宗吉は、中身の無い引き出しを手にして、眉根に皺を寄せた。

「こっちの引き出しには、値の高い品物が入ってたんで、下手人野郎が持って行ったんじゃありませんか。金に換えるために」

鼻の孔(あな)を膨(ふく)らませて、熊八が言う。

「なるほど。お前にしちゃ、良い筋立てだ」

「質屋か小間物の買い取りをしてる店を当たれば、案外、早く決着がつくかも知れません」

「むむ、そうだな――」

そこまで聞いて、龍次は、野次馬の群れから離れた。

文字雅が待っているだろうから、団子でも買って帰るか――と考えていると、

「――龍次」

背後から声をかけられた。

振り向くと、三十過ぎの紋付き袴(はかま)姿の武士が立っている。

「これは、山本様。お久しぶりで」

「うむ。二年ぶりかな」

山本廉之助(れんのすけ)は、穏やかな笑顔を見せた。

天明七年――西暦一七八七年の春、龍次が十八歳の時である。

2

五年前――町奉行所と寺社奉行所の突入によって蓮華堂が大混乱に陥った時に、十三歳の龍次を助けてくれたのは、用心棒の佐倉重三郎であった。

二人は捕方の包囲網を破って逃走し、麻布に家を借りて住むようになった。

前は大地主の隠居所だった建物に手を入れて、小さな道場が設けられている。

重三郎は、無楽流石橋派脇差居合術の達人であった。

「お前は剣の天稟がある。蓮華堂にいる時から、わしは、それを見抜いていた。お前を助けたのは、外道の飼犬となっていたことへの罪滅ぼしの意味もあるが……わしが会得した奥義を伝える相手を、探していたからでもある」

蓮華堂から脱出する時に、重三郎はかなりの大金を革袋に詰めて、持ち出したらしい。

だから、暮らしの糧を得るのにあくせくする必要はなく、龍次は毎日、みっちりと稽古をつけられた。

「お前が、おゆうという娘を探したいと思っているのは知っている。だが、探し出したとして、おゆうがどんな境遇にいるか……その時のためにも、お前は強くならねばならぬ。わかるな、龍次」

師の重三郎の言葉は、筋道が通っていた。

たとえおゆうがどんな境遇にあろうとも、そこから助け出して守ってやるだけの器量が、龍次には必要なのだ。

道場の床に汗が溜まるような厳しい修業の果てに、ついに龍次は、師から無楽流の奥義を授けられた。龍次が十七歳の時である。

「もうわしが教えることは、何もない」

米沢町の観音長屋に龍次が入る手配をしてから、佐倉重三郎は百両の金と「無銘だが逸品だ」と道中差を龍次に渡して、江戸を去ったのだった。

それから、龍次は毎日、江戸市中を歩きまわって、おゆうの行方を捜した。

本当の事情を説明できないから、「生き別れになった妹を探しております」と言って、聞きこみしてまわったのである。

おゆうは江戸にいるのか、それとも六十余州のどこかにいるのか。そもそも生きているのか、それとも……。

時々、不安と虚しさで、龍次は堪らなくなる。そういう時には、つい、そばにいる女に手を出してしまう。

そんなわけで、ここ一年というもの、ほとんど女誑しのような生活をしている龍次なのであった……。

「――そうか。俺と立ち合った翌年に、佐倉先生は修業の旅に出られたのか」

山本廉之助は、龍次の酌を受けながら、嘆息した。

そこは、朝から営業している神田花房町の居酒屋だった。二人は、土間の隅の卓に座っている。

二年前――千手流抜刀術を学んだ浪人の山本廉之助は、佐倉重三郎と立ち合って、五本に四本まで打ちこまれて、かろうじて一本をとった。

それから、十六歳の龍次と立ち合ったが、これは三本全勝であった。龍次は、廉之助に全く歯が立たなかったのである。

「あれから修業のやり直しをして、何とか佐倉先生と立ち合いたいと思っていたのだが……」

「仕官なさったのですね」

廉之助の身形を見た時に、すぐにそれに気づいた龍次であった。

「うむ……半年ほど前に、思いがけなく旗本屋敷にな」

視線を猪口に落として、廉之助は言う。

「俺のような根っからの剣術屋が、今の世で仕官できるのは珍しい」

「おめでとうございます」

龍次が礼儀正しく頭を下げると、廉之助は、くすぐったいような顔つきになった。

「うむ、有り難う……だが、おかげで勝手な立ち合いなど出来なくなった。存外、窮屈なものさ」

それから、龍次をじっと見つめて、

「お前も強くなったようだな。顔つきでわかる」

「さあ、どうでしょうか」

「今なら、三本に一本はとられるかも知れん。もっとも――」

廉之助は笑みを浮かべた。

「俺も、二年前よりは少しは強くなっているぞ」

それから、剣術談義で一刻ほど飲んでから、二人は居酒屋を出る。

「今日は楽しかった。縁があったら、また会おう」

そう言って、山本廉之助は去った。

主家の名は口にしなかったし、龍次も、あえて尋ねなかった。

主持ち(しゅうも)の武士と女誑しの放蕩者(ほうとうもの)では、身分が全く違う。だから、こちらから訊くべきではない――と龍次は考えたのである。

3

「ごめんなさいよ」

二日後の昼間、龍次は、浅草阿部川町(あべかわちょう)の田舎長屋を訪ねた。

「はい――」

腰高障子(こしだかしょうじ)を開いたのは、十七、八の素朴な顔立ちの娘である。

「小間物屋のお沢(さわ)さんの宅(うち)は、こちらで」

「はい……でも御母(おっか)さんは亡くなりました」

娘は、悲しそうに目を伏せた。

「存じております。ご愁傷様(しゅうしょうさま)です」

腰を折って、龍次は頭を下げる。

「私は文字雅師匠の知り合いで、龍次と申しますが……実は一昨日、たまたま、昌平河岸でお沢さんの亡骸をお見かけしまして」

「まあ、そうでしたか」

娘は顔を上げた。

「昨日、師匠を訪ねて話をしていたら、習い子さんから亡くなったのがこちらのお沢さんだと聞かされまして……何だか、見えない縁があるように思われて、お線香だけでも上げさせていただこうと、やって参りました」

「それはご丁寧に……どうぞ、汚いところですが」

娘――お藤は、龍次を招き入れた。

実は一昨日、山本廉之助と別れた龍次は、かなり酔いがまわっていたので、そのまま観音長屋に帰って寝てしまった。

どうせ、文字雅のところへ行っても、習い子たちが来ているから、何も出来ないのである。

そして、夜になって目が覚めてから、文字雅の家へ行った。朝、帰って来なかった龍次を「薄情者」と文字雅は責めたが、押し倒して双龍根で貫くと、歓喜の叫びを上げてしまう。

そのまま居続けで、今朝まで文字雅の家に居たのだが、習い子のお峰が昌平河岸のホトケは自分の知り合いだと、文字雅に話したのである。

龍次はそれを訊いて、ホトケがおゆうでなかったことにほっとした自分が、何とも情けなくなってきた。

それで、こうして、阿部川町まで線香を上げにやって来たのだった。

位牌に手を合わせて、龍次は、お藤にわずかばかりの香典を渡した。

「それで——宗吉親分は、下手人のことで何か？」

「一生懸命、探索してくださっているようですが……」

「そういえば、荷箱の商品が盗られていたので、質屋などを当たってみる——と言われてましたね」

龍次は、熊八の言葉を思い出していた。

「ごく普通の紅白粉や櫛などで、御母さんは、そんなに高価なものは扱っていなかったですが……時々、薬研堀に仕入れに行くと言ってましたけど」

「薬研堀……」

龍次は眉をひそめた。頭の隅で、何かが引っかかったような気がする。

「薬研堀の何という店か、ご存じですか」

「いえ……お武家様のお屋敷をまわっているのは、聞いていましたが」

「ああ、なるほど。お武家の女子衆(おなごしゅう)は、気軽に外歩きするのが難しいから、小間物屋さんが来るのを楽しみにしているでしょうねえ――」

そう言いながら、龍次の頭の中に、ある推理が固まっていた。

4

「私が主人の忠兵衛(ちゅうべえ)です」

でっぷりと太った赭(あか)ら顔(がお)の忠兵衛は、龍次の顔をつくづくと眺めて、

「ほほう……龍次さんと言いましたな。あなた、さぞかし、娘たちに騒がれるでしょう」

「そんなことも、ございませんが……」

龍次は苦笑した。

「いや、番頭さんが、どうして見も知らぬあなたを座敷へ通したのか、わかりました」

そこは――薬研堀にある〈四目屋(よつめや)〉の奥座敷であった。

　阿部川町の田舎長屋を出た龍次は、その足で、この四目屋を訪ねたのである。龍次は、蓮華堂での忌まわしい経験から、この店が淫具媚薬商であることを知っていたのだ。

「何か私どもに、お訊きになりたいことがあるとか」

「はい。実は一昨日、たまたま昌平河岸を通りかかって――」

　龍次は、お藤にしたのと同じ話をして、

「亡くなったお沢さんが薬研堀に仕入れに行くと聞いて……もしや、密かに笑物を扱っていたのではないか、と」

　笑物とは、淫具や媚薬などの四目屋道具の遠回しの呼称である。龍次は、荷箱の下の二つの引き出しには、淫具や媚薬が入っていたのではないか――と考えたのだ。

「それに答える前に、龍次さんにお願いがあるのだが」

「私に……？」

「あなた、この店で働いてみませんか」

「え」

　いきなり突拍子もないことを言われて、龍次は唖然とした。

「ご存じの通り、うちはわざと店の中を暗くして、お客様の顔を見ないようにしています。同様に、明かりが手元だけ照らすようにして、私らの顔も見えないようにしています」

「それは知っておりますが……」

「ですが、あなたを見て、私は考えが変わりました」

忠兵衛は勢いこんで、言った。

「美男の奉公人が女客の相手をすれば、逆に喜ばれるのではないか――と。たぶん、番頭さんも同じ考えでしょう」

「しかし……」

「三年奉公…いや、一年でも半年でもいいから、うちで売り子をやってくれませんか。龍次さん、どうです」

「わかりました、考えさせていただきます」

押し切られる形で、龍次は仕方なく言う。

「結構、結構。よく考えてみてください」

忠兵衛は何度も頷いてから、

「ところで、廻り小間物屋のお沢さんのことでしたな――ええ、その通り。うちで仕入れをしていましたよ」

「やはり……」

いくら店の中を暗くしてあって顔が見えないと言っても、そもそも、武家の女性などは、四目屋に入ること自体に抵抗がある。もしも、出入りを知り合いに見られたら、大変な恥だ。

だから、武家の女性は出入りの小間物屋を通じて、四目屋道具を入手することが多かった。

「うちでは、何人もの小間物屋が仕入れをしていますが、お沢さんは商売上手なのか、売上も大きいようでした」

金を貯めて娘のお藤と一緒に小さな小間物屋の店を持ちたい――というのが、お沢の悲願であったという。

「出入りしていた屋敷を、ご存じですか」

「いいえ」即座に、忠兵衛が言う。

「それを容易に洩らすようでは、お武家相手の小間物屋は務まらない――そうでしょう？」

「なるほど、旦那様の仰る通りで」

龍次が頭を下げると、忠兵衛は笑みを消して、真面目な顔つきになった。

「龍次さん――あなた、突飛なことを考えていませんか」

「はあ」

「お沢さんは辻斬り強盗に殺されたのではなく、どこかの武家屋敷に笑物を売ったことが原因で命を落としたのではないか――と」

「……」

龍次は黙りこんだ。

「ひとつだけ忠告しますが、そんな考えは今すぐ捨てることです」

「………」

「うちが店を暗くしているのはね、私も奉公人も命が惜しいからですよ。客の顔を見てしまったら、あとあと、どんな災いが降りかかるか、わかったもんじゃない。町人百姓ならいざ知らず、お武家の考えることは、私らの思いの外ですからね」

「しかし――」

龍次は、忠兵衛の顔を見返して、

「お沢さんが……哀れですね」

「そうです、気の毒だと思います。しかし、お武家が相手では、私ら商人にはどうすることも出来ない」

忠兵衛は、深々と嘆息した。

「たぶん、宗吉親分でも、どうにもならんでしょう」

5

酔っ払った龍次が、米沢町一丁目の観音長屋に帰り着いたのは、夕方近くであった。

米沢町と薬研堀は目と鼻の先なのだが、今まで居酒屋で飲んでいたのである。

お沢が武家屋敷の刺客(しかく)に殺されたのだとしても、町人である自分たちには、どうにもならない——四目屋忠兵衛の言うことは、その通りであった。

しかし、日々、真面目に働いていた者が、理不尽に殺されたのに、下手人が罰せられないなどということがあって、良いものだろうか。

それを考えると、龍次は酒を飲まずにはいられなかったのだ。

「む……」

目が覚めてみると、もう夜更けであった。住民たちも寝入っているのか、長屋は静まりかえっている。

喉が乾いた龍次は、土間の水瓶の方へ這い寄った。まだ、酔いが残っている。

「あっ！」

突然、稲妻のように思いついたことがあった。

「お藤さん……」

武家屋敷の刺客は、お沢を辻斬りに見せかけて殺しただけではなく、娘のお藤も口封じのために殺すかも知れない。

龍次は外へ飛び出そうとしたが、座敷へ戻って行李の中から道中差を取り出した。それを茣蓙で巻く。

そして、水瓶の水を柄杓で何杯も飲むと、喉の奥に指を突っこんで、下水溝に胃の中身を吐く。口を漱ぐと、龍次は草履を引っかけた。

人けのない深夜の通りを、丸めた茣蓙をかかえて阿部川町へ走った。胃の中を空っぽにしたので、少しは気分がましになっている。

田舎長屋への路地の入口が見えて来た時、そこから数人の人影が飛び出して来た。

二人の武士が、猿轡を嚙ませた女を横抱きにしている。寝間着姿のお藤であった。ぐったりしているのは、当身をくらわされたからだろう。

「急げ」

先頭の武士の指図で、彼らは称念寺の裏手の空地へと駆けこむ。そこは正月の火事の焼け跡で、雑草が生い茂っていた。

「待てっ」

龍次も、その空地へ飛びこんだ。

「何だ、貴様っ」

お藤の軀を地面に投げ出すと、二人の武士は大刀を抜いた。問答無用で、龍次に斬りかかって来る。

その時には、龍次は道中差を腰に落としていた。右手が閃いて、月光に刃が煌めく。

「あっ」

「ううっ」

道中差に斬られた二人は、血煙を上げて倒れた。生まれて初めて、人を斬った龍次であった。

「やるな……龍次っ」

指図していた武士は――山本廉之助であった。

「こいつは一体、どういうことです、山本様」

「どうもこうもない」

廉之助は、虚無的な嗤いを浮かべる。

「主人の命に従うのが、武士だ」

「それが、罪もない小間物屋を斬ることでもですか」

一昨日、昌平河岸で再会したのは偶然ではない。山本廉之助は、現場の様子を見に来ていたのだ。

「罪は、ある」と廉之助。

「あの女は、我が主人の妹に張形を売った――」

その妹というのは、嫁ぎ先で夫と死別し、実家へ戻された姥桜であった。三十過ぎだから、閨の味も知り尽くしている。

明るい気性で、お沢に明け透けな猥談を聞かせて、張形を注文したのだという。

四目屋から商品を仕入れて、お沢は、それを妹に渡した。

実家で朽ちていくだけの存在なので、せめて張形で孤閨を慰めようとしたのである。

　だが、思いがけなく、その妹に後妻の話が持ちこまれた。

　相手は、大身旗本の隠居であった。妹とは、年齢が二十以上も離れている。

　しかし、その大身旗本は幕閣の有力者なのだ。妹が隠居の後妻に納まれば、主人の出世は間違いないのである。

「だが――」と廉之助は言う。

「仮にも御大身の御隠居の妻になる者が、張形を購入するような淫奔な女だと知れたら、この話は潰れる。それでは困るのだ」

「ずいぶんと勝手な話で……町人の命は、虫けら同然ですかい」

「……話は、これまでだ」

　廉之助は、半身になった。右手の五指を屈伸させて、

「千手流抜刀術と無楽流居合術――勝負してみるか」

「いいでしょう」

　血振した道中差を、龍次は納刀した。そして、半身になる。

「お前の道中差と俺の大刀では、一尺の差がある。俺の方が有利で、しかも、俺の方が早い」

廉之助は、冷酷な眼差しになった。

「お前に勝ち目はないぞ、龍次」

「さあ……そいつはどうでしょうか」

じりじりと間合を詰めながら、龍次は言う。

「ふむ……………」

廉之助も、少しずつ間合を詰める。

ついに、一足一刀の距離まで、二人は接近した。気合とともに、廉之助は左足を踏み出した。同時に、龍次も左足を踏み出す。

二人の軀が交差した。

「ぬ……?」

廉之助は、自分の左脇腹を見た。そこは斬り裂かれて、血が流れ落ちている。

「なぜ………」

龍次の道中差は、左手にあった。つまり、逆手で道中差を抜いたのである。右手で大刀を抜いた廉之助よりも、左の逆手で抜いた龍次の方が、ほんの少し早く相手を斬ったのだった。

「それも……無楽流の奥義か」

廉之助の軀は、ゆっくりとは横向きに倒れた。

「剣術屋などという生きものは……つくづく馬鹿な……」

それだけ言って、山本廉之助は目を閉じた。絶命したのである。

「……」

龍次は、溜めていた息を長々と吐き出した。

それから血振して、道中差を鞘(さや)に納める。

「お藤さん、もう大丈夫だ」

地面に転がっているお藤を助け起こして、猿轡を外してやる。

「龍次さんっ」

お藤は、龍次にしがみついて来た。

「御母さん……お沢さんの仇敵(かたき)は討ちましたよ」

そう言って、龍次は、お藤を立たせる。

「さあ、誰かに見られたら、まずいことになる。長屋へ戻るんだ」

「は、はい」

怯(おび)えるお藤の手を引いて、龍次は、その空地から出た。

「あ……あァ」

翌日の夜――観音長屋の龍次の宅で、お藤は濃厚な愛撫を受けていた。

全裸の彼女の股間に、龍次は顔を埋めて唇と舌を駆使している。

昨夜、田舎長屋へ戻って疲れ果てたお藤を寝かせると、龍次は朝まで寝ずの番をした。

無論、いつでも道中差は使えるようにしている。

夜が明けて、通りを人々が行き来するようになったが、何の騒ぎも起きなかった。龍次が空地へ行って見ると、そこに転がっていた三つの死骸はない。暗い内に、何者かが運び去ったのであろう。

龍次は観音長屋へ戻って、泥のように眠った。そして夜になって気がつくと、お藤がそばにいたのである。

「夕方、宗吉親分が来て教えてくれたんだけど……五百二十石の斎藤というお旗本が、何かの罪でお取り潰しになったんですって」

そして、主人の妹で出戻りの姥桜が自害をしたのだという。

（きっと目付が動いていたのだろう。三人の死骸を片付けたのも、目付の配下だな）と考えながら、龍次はお藤を抱きしめ、その唇を吸った。お藤も夢中で舌を差し入れて来る……。

女の部分がしとどに濡れると、龍次は、双龍根でお藤を貫いた。生娘のお藤を快楽に導きながら、龍次は、四目屋に奉公しよう――と思っていた。それが、おゆうを探す手段になると思う。

お藤の女壺を責めながら、龍次の脳裏には、おゆうの面影が浮かんでいた。

あとがき

本作品は、私が初めて手がけた連載時代小説です。

平成二年――一九九〇年のことだったと思いますが、角川ノベルスで書き下ろした初の時代小説『修羅之介斬魔剣』を読んで、桃園書房の「小説ＣＬＵＢ」のＹ編集長から「うちで書いて欲しい」という連絡がありました。

で、たぶん、新宿駅前の「滝沢」で打ち合わせをして、『修羅之介』の資料調べの時に思いついた「男根に双龍の彫物をした美男子が、美女を哭かせまくる」というアイディアを話したところ、編集長に「まるで、うちのために用意されたような設定ですね」と喜ばれました。

昔は山手樹一郎さんの人情時代物も連載していた娯楽小説誌の「小説ＣＬＵＢ」ですが、この頃は官能小説をメインとして、赤川次郎さんのユーモア・ミステリーや梓林太郎さんの山岳ミステリーなども連載し、他の官能小説誌と差別化していたのです。

で、前記の設定に笹沢左保さんの『木枯し紋次郎』のスタイルを合体させて、「行く先々で美女を貫きながら、事件の謎解きをして、幻の女を捜す旅商人の話」にまとまったわけです。

タイトルは、『卍屋龍次美処女狩り』となりました。編集部には街道の資料集めなどで多大の迷惑をかけましたが、幸い第一話の評判が良かったので連載が続き、全三巻で無事に完結したわけです。

龍次のヴィジュアルは、勝新太郎・主演の『座頭市あばれ火祭り』に出て来る中性的な三下（さんした）やくざの梅次（ピーター）を参考にしました。

笹沢さんの新股旅物には、紋次郎の長楊枝のような個性的な小道具が登場しますが、それを見習って、龍次は道中差の鍔（つば）に土鈴を下げているという趣向になったわけです。

なお、ほとんどのエピソードがハードボイルド的な人間心理の謎解きですが、第一話のみ物理的なトリックを描いています。推理小説好きの人ならおわかりと思いますが、トリックの一部は横溝正史さんの『本陣殺人事件』から借用しました。この『本陣』は、昭和五十年に高林陽一監督で映画化されましたが、私がインタビューしたことのある名キャメラマンの森田富士郎さんが撮影を担当、琴の糸のトリック場面の幻想的な映像が見事です。

巻末には、龍次の現在と過去を繋ぐ書き下ろし『女ごろし』を収録しました。龍次が卍屋になる切っ掛けを描いた短編です。

さて、次は本年の十一月に『若殿はつらいよ』の第十八巻『死神の美女（仮題）』が出る予定ですので、よろしくお願いいたします。

二〇二三年八月

鳴海　丈

引用文献

『醫心方』馬屋原成男・他（至文堂）
『ロリータ・コンプレックス』訳・飯田隆昭（太陽社）

参考資料

『ローマ皇帝伝（上・下）』スエトニウス（岩波書店）
『珍具考』中野栄三（第一出版社）
『考証 中山道六十九次』戸羽山 瀚（秋田書店）
『今昔中山道独案内』今井金吾（日本交通公社）
『奴隷化させる子供』R・ソーヤー（三一書房）
その他

コスミック・時代文庫

卍屋龍次(まんじやりゅうじ) 乙女(おとめ)狩(が)り
秘具商人淫ら旅

2023年9月25日 初版発行

【著 者】
鳴海(なるみ) 丈(たけし)

【発行者】
佐藤広野

【発 行】
株式会社コスミック出版
〒154-0002 東京都世田谷区下馬6-15-4
代表 TEL.03(5432)7081
営業 TEL.03(5432)7084
FAX.03(5432)7088
編集 TEL.03(5432)7086
FAX.03(5432)7090

【ホームページ】
https://www.cosmicpub.com/

【振替口座】
00110-8-611382

【印刷/製本】
中央精版印刷株式会社

ISBN978-4-7747-6502-0 C0193